Carmen Martín Gaite
El cuarto de atrás

Carmen
Martín Gaite

El cuarto
de atrás

Ediciones Destino
Colección
Destinolibro
Volumen 135

© Carmen Martín Gaite
© Ediciones Destino, S.A.
Consell de Cent, 425. 08009 Barcelona
Primera edición: mayo 1978
Primera edición en Destinolibro: marzo 1981
Segunda edición en Destinolibro: octubre 1982
Tercera edición en Destinolibro: noviembre 1986
Cuarta edición en Destinolibro: febrero 1988
Quinta edición en Destinolibro: noviembre 1989
Sexta edición en Destinolibro: noviembre 1990
Séptima edición en Destinolibro: abril 1992
Octava edición en Destinolibro: octubre 1992
ISBN: 84-233-1101-5
Depósito legal: B. 36.122-1992
Impreso y encuadernado por
Printer industria gráfica, S.A.
C.N. II - 08620 Sant Vicenç dels Horts, Barcelona
Impreso en España - Printed in Spain

«La experiencia no puede ser comunicada sin lazos de silencio, de ocultamiento, de distancia.»

Georges Bataille

Para Lewis Carroll, que todavía nos consuela de tanta cordura y nos acoge en su mundo al revés.

I.   El hombre descalzo

...Y, sin embargo, yo juraría que la postura era la misma, creo que siempre he dormido así, con el brazo derecho debajo de la almohada y el cuerpo levemente apoyado contra ese flanco, las piernas buscando la juntura por donde se remete la sábana. También si cierro los ojos — y acabo cerrándolos como último y rutinario recurso —, me visita una antigua aparición inalterable: un desfile de estrellas con cara de payaso que ascienden a tumbos de globo escapado y se ríen con mueca fija, en zigzag, una detrás de otra, como volutas de humo que se hace progresivamente más espeso; son tantas que dentro de poco no cabrán y tendrán que bajar a buscar desahogo en el cauce de mi sangre, y entonces serán pétalos que se lleva el río; por ahora suben aglomeradamente; veo el rostro minúsculo dibujado en el centro de cada una de ellas como un hueso de guinda rodeado de lentejuelas. Pero lo que jamás cambia es la melodía que armoniza el ascenso, melodía que no suena pero marca el son, un silencio especial que, de serlo tan densamente, cuenta más que si se oyera; eso era entonces también lo más típico, reconocía aquel silencio raro como el preludio de algo que iba a pasar, respiraba despacio, me sentía las vísceras latiendo, los oídos zumbando y la sangre encerrada; de un momento a otro — ¿por dónde? —, aquella muchedumbre ascendente caería a engrosar el invisible caudal interior como una droga intravenosa, capaz de alterar todas las visiones. Y estaba alerta, a la expectativa de la prodigiosa mudanza, tan fulminante que ninguna noche lograba atrapar el instante de su irrupción furtiva, acechándolo inmóvil, con anhelo y temor, igual que ahora.

Pero miento, igual no, era otro el matiz de la expectativa. He dicho «anhelo y temor» por decir algo, tanteando a ciegas, y cuando se dispara así, nunca se da en el blanco; las palabras son para la luz, de noche se fugan, aunque el ardor de la persecución sea más febril y compulsivo a oscuras, pero también, por eso, más baldío. Pretender al mismo tiempo entender y soñar: ahí está la condena de mis noches. Yo, entonces, no quería entender nada; veía el enjambre de estrellas subiendo, sentía el zumbido del silencio, y el tacto de la sábana, me abrazaba a la almohada y me quedaba quieta, pero ¡qué iba a ser igual!, esperaba la transformación sumida en una impaciencia placentera, como antes de entrar en el circo, cuando mis padres estaban sacando las entradas y me decían: «no te pierdas que hay mucho barullo», y yo quieta allí, entre el barullo, mirando fascinada los carteles donde se anunciaba lo que dentro de poco iba a ver; algo de temor sí, porque podían mirarme los leones o caerse el trapecista de lo más alto, pero también avidez y audacia y, sobre todo, un sacarle gusto a aquella espera, vivirla a sabiendas de que lo mejor está siempre en esperar, desde pequeña he creído eso, hasta hace poco. Daría lo que fuera por revivir aquella sensación, mi alma al diablo, sólo volviéndola a probar, siquiera unos minutos, podría entender las diferencias con esta desazón desde la que ahora intento convocarla, vana convocatoria, las palabras bailan y se me alejan, es como empeñarse en leer sin gafas la letra menuda.

Entonces, ¿qué hago?... Pues nada, si he perdido las gafas, me pondré a hacer dibujos sencillos, eso descansa los ojos; me voy a figurar que estoy trazando rayas con un palito sobre la arena de la playa, da mucho gusto porque la arena es dura y el palito afilado, o tal vez sea un caracol puntiagudo, no importa, tampoco sé qué playa es, podría ser Zumaya o La Lanzada, es por la tarde y no hay nadie, el sol desciende rojo y achatado, entre bruma, a bañarse en el mar. Pinto, pinto, ¿qué pinto?, ¿con qué color y con qué letrita? Con la C. de mi nombre, tres cosas con la C., primero una casa, luego un cuarto y luego una cama. La casa tiene un balcón antiguo sobre una plaza pequeña, se pintan los barrotes gruesos y paralelos y detrás las puertas que dan al interior, abiertas porque era primavera, y de la placita (aunque no la pinte, la veo, siempre la vuelvo a ver) venía el ruido del agua cayendo por tres caños al pilón de una fuente que había en medio, el único ruido que entraba al cuarto de noche. Ya estamos en el cuarto: se empieza por el ángulo del techo y, arrancando de ahí para abajo, la raya vertical donde se juntan las paredes. Bueno, ya, al suelo no hace falta llegar porque lo tapa la cama, que está apoyada contra la esquina, una cama turca; de día se ponían almohadones y servía para tirarse en los ratos de aburrimiento, es fácil de pintar: un simple rectángulo sin cabecera, las dos líneas un poco curvas de

la almohada, la vertical del embozo y el resto del
espacio cuajado de tildes de *eñe,* imitando el dibujo
de la colcha. Ya está todo; no ha quedado muy bien,
pero no importa, se completa cerrando los ojos, para
eso sí vale tener los ojos cerrados: la mutación de
decorados ha sido siempre la especialidad de las estrellitas fulgurantes, el primer número del espectácu-
lo que anuncian aire arriba con su risa de payaso.

Ha empezado el vaivén, ya no puedo saber si estoy
acostada en esta cama o en aquélla; creo, más bien,
que paso de una a otra. A intervalos predomina la
disposición, connatural a mí como una segunda piel,
de los muebles cuya presencia podría comprobar tan
sólo con alargar el brazo y encender la luz, pero
luego, sin transición, aquel dibujo que se insinuaba
sobre la arena de la playa viene a quedar encima, y
esta cama grande, rodeada de libros y papeles en los
que hace un rato buscaba consuelo, se desvanece, des-
plazada por la del cuarto del balcón y empiezo a per-
cibir el tacto de la colcha, una tela rugosa de tonos
azules. Tenía un nombre aquella tela, no me acuerdo,
todas las telas lo tenían, y era de rigor saber diferenciar un shantung de un piqué, de un moaré o de
una organza, no reconocer las telas por sus nombres
era tan escandaloso como equivocar el apellido de
los vecinos; había muchas tiendas de tejidos, profun-
das y sombrías, muchas clases de telas, y desde la
parte de acá del mostrador se señalaban con gesto
experto para que el dependiente, siempre obsequio-
so, sacase hasta la puerta la pieza señalada y la de-
senrollase para mostrar a la luz sus excelencias; nunca se compraba nada a la primera, se consultaba con

las amigas o con el marido: «He visto una tela muy bonita para el cuarto de las niñas». La idea de aquel cuarto la tomó mi madre de la revista «Lecturas» y ella misma confeccionó las cortinas y, haciendo luego, las colchas con su volante y las fundas para cubrir las almohadas con una especie de cinturón que se les abrochaba por el centro, y luego los almohadones —de otras telas pero entonando también— que, al lanzarse sobre la cama en un estudiado desorden, remataban la transformación diurna de aquel decorado. Las lamparitas redondas de cristal amarillo, los bibelots de las repisas, las mesillas laqueadas de azul, todo era muy moderno —*art-déco* lo llaman ahora—, pero a mí lo que me parecía más moderno era que la cama se convirtiera en diván y tirarme en ella, cuando estaba sola, imitando la postura de aquellas mujeres, inexistentes de puro lejanas, que aparecían en las ilustraciones de la revista «Lecturas», creadas por Emilio Freixas para novelas cortas de Elisabeth Mulder, a quien yo envidiaba por llamarse así y por escribir novelas cortas, mujeres de mirada soñadora, pelo a lo *garçon* y piernas estilizadas, que hablaban por teléfono, sostenían entre los dedos un vaso largo o fumaban cigarrillos turcos sobre la cama turca de su *garçonière,* lo turco era modernidad; otras veces aparecían en pijama, con perneras de amplio vuelo, pero aunque fuera de noche, siempre estaban despiertas, esperando algo, probablemente una llamada telefónica, y detrás de los labios amargos y de los ojos entornados se escondía la historia secreta que estaban recordando en soledad.

13

elegante

Cuando tardaba en dormirme — siempre tardaba en dormirme más que mi hermana — y las estrellas empezaban a subir por dentro de mis párpados como volutas de cigarrillo turco, el cuarto se mudaba en otro, había un teléfono, pero no el teléfono negro colgado en la pared frente al banco del pasillo, donde se recibían recados para mi padre o, en todo caso, la llamada esporádica de una compañera del Instituto que tenía los ojos algo saltones y se desazonaba mucho con los apuntes («¿Es el 1438?... Oye, mira, soy Toñi»), no, lo tenía encima de la mesilla, allí al alcance de la mano, y era de color blanco: un teléfono blanco, la quintaesencia de lo inalcanzable. Además el cuarto era sólo mío y, si encendía la luz, no molestaba a nadie, una habitación en el piso alto de un rascacielos, podía encender la luz, levantarme, darme un baño a medianoche, frotarme el cuerpo con productos de la casa Gal, leer una carta que había recibido aquella tarde donde alguien, mirando el mar, decía que se acordaba de mí, vestirme con un traje de gasa, tomar el ascensor y salir a una ciudad cuajada de luces, pasearme sin rumbo entre transeúntes que te miran y no te miran, esquivar el riesgo de sus miradas, meterme en un café que se llamara Negresco con taconeo resuelto y gesto huidizo, pasar los ojos distraídos por los mármoles negros, las superficies cubistas y los espejos envueltos en humo, encender un cigarrillo turco, esperar.

Me levantaba de puntillas para no despertar a mi hermana, me asomaba al balcón, era un primer piso, veía muy cerca la sombra de los árboles y enfrente la fachada de la iglesia del Carmen con su campanario, no se oía más que el agua cayendo en el pilón de la fuente, las farolas exhalaban una luz débil, no pasaba nadie, tal vez yo sola estaba despierta bajo las estrellas que vigilaban el sueño de la ciudad, las miraba mucho rato como para cargar el depósito de mis párpados, cabecitas frías de alfiler, sonreía con los ojos cerrados, me gustaba sentir el fresco de la noche colándose por mi camisón: «Algún día tendré penas que llorar, historias que recordar, bulevares anchos que recorrer, podré salir y perderme en la noche», la lava de mis insomnios estaba plagada de futuro.

Es inútil, no me duermo. He dado la luz, tengo el reloj parado en las diez, creo que a esa hora me acosté, con ánimo de tomar notas en la cama, la esfera del reloj tiene un claror enigmático, de luna muerta. Me incorporo y la habitación se tuerce como el paisaje visto desde un avión que cabecea: los libros, las montoneras de ropa sobre la butaca, la mesilla, los cuadros, todo está torcido. Echo los pies fuera de la cama y me los miro con extrañeza, parecen dos manojos de percebes sobre la pendiente inclinada de la moqueta gris; seguro que al levantarme me voy a resbalar, y hasta puede que el peso de mi cuerpo imprima al suelo una oscilación aún más radical y la estancia gire y se vuelva del revés. Ojalá, voy a probar, debe de ser divertido andar cabeza abajo.

Me pongo de pie y se endereza el columpio, se enderezan el techo, las paredes y el marco alargado del espejo, ante el cual me quedo inmóvil, decepcionada. Dentro del azogue, la estancia se me aparece ficticia en su estática realidad, gravita a mis espaldas con-

forme a plomada y me da miedo, de puro estupe-
facta, la mirada que me devuelve esa figura exce-
sivamente vertical, con los brazos colgando por los
flancos de su pijama azul. Me vuelvo ansiosamente,
deseando recobrar por sorpresa la verdad en aquella
dislocación atisbada hace unos instantes, pero fuera
del espejo persiste la normalidad que él reflejaba, y
tal vez por eso se evidencia de forma más agobiante
el desorden que reina: zapatos por el suelo, un almohadón caído, periódicos, y desde todos los estantes y superficies, al acecho, como animales disecados,
esa caterva de objetos cuya historia, inherente a su
silueta, resuena apagadamente en el recuerdo y araña
estratos insospechados del alma, arrancando fechas,
frutos podridos. ¡Qué aglomeración de letreros, de
fotografías, de cachivaches, de libros…!; libros que,
para enredar más la cosa, guardan dentro fechas,
papelitos, telegramas, dibujos, texto sobre texto:
docenas de libros que podría abrir y volver a cerrar,
y que luego quedarían descolocados, apilados unos
sobre otros, proliferando como la mala yerba. Decía
una señora, que en paz esté, y que vivió en lucha
contra la anarquía de los objetos, que en cuanto dejas
un libro encima de un radiador, en seguida cría.
Avanzo hacia el radiador, tendría que ponerme a
ordenar este cuarto, me paro a mirarlo desde aquí;
ahora la cama se ha vuelto enorme, si creciera un
poco más me aplastaría contra el rincón, pero no,
no crece más, aún me separa de su borde inferior
una franja de moqueta; me pregunto qué vendría a
buscar aquí, si es que venía a buscar algo, tal vez
una pastilla para dormir — mogadón, pelson, da-

paz — o para espabilarme — dexedrina, maxiba-
mato — o para el dolor de cabeza — cafiaspirina,
optalidón, fiorinal —; son nombres que se me vienen automáticamente a la imaginación y que repaso
con tedio y sin fe, gastados como los apellidos del
listín telefónico, amigos a los que se han perdido
ya las ganas de pedir nada.

Encima del radiador, rematada por barrotes tornea-
dos, hay una estantería laqueada de blanco — *eta-
gère* se decía en los años del *art-déco* —, y en
un hueco, entre dos grupos de libros, sujeto con
chinchetas a la pared, destaca un grabado en blanco
y negro de unos veinte por doce; hace mucho que
lo tengo frente a mi cama, y a lo largo de alguna
noche en vela, cuando lo real y lo ficticio se confunden, he creído que era un espejito donde se reflejaba, sufriendo una leve transformación, la situación
misma que me llevaba a posar sobre él los ojos. Se
ve a un hombre de pelo y ojos muy negros incorpo-
rado sobre el codo izquierdo dentro de una cama
con dosel; lleva una camisa desabrochada y la sombra de su torso se proyecta sobre las cortinas circu-
lares que caen en pliegues del alto volante rematado
por flecos; tiene las dos manos fuera de la sábana,
en una apoya la cabeza, el índice de la otra, en un
gesto que parece subrayar palabras que no se oyen,
apunta hacia la segunda figura que aparece en el
grabado. Se trata de un personaje desnudo y, a
excepción de la córnea del ojo, totalmente negro:
negra la piel del cuerpo, negro el pelo rizoso, negras
las orejas puntiagudas, negros los cuernos, negras las
dos grandes alas que le respaldan; está de perfil,

sentado sobre una mesa atiborrada de libros, con los pies apoyados sobre otra pila de libros que hay por el suelo, y desde allí — los codos contra las rodillas y la barbilla en los puños unidos por las muñecas — sostiene con insolencia la mirada sombría y penetrante de su interlocutor. Debajo dice: «Conferencia de Lutero con el diablo», y esta leyenda me ayuda a escapar del sortilegio que la habitación pintada empezaba a ejercer sobre mí, me ha parecido que cobraba relieve y profundidad, que me estaba metiendo en ella, y bajar los ojos al letrero ha sido como salir, antes de que empezaran a moverse los labios de las figuras o a romperse el equilibrio inestable de los libros sobre los que el diablo posa negligentemente los calcañares. Los letreros nos orientan, nos ayudan a escapar de abismos y laberintos, pero queda siempre la nostalgia de la perdición que se cernía.

Sigo bajando los ojos. Más libros, formando dos paredes encima del radiador, y entre ellas, sujetándolas, la cesta de costura que fue de la abuela Rosario. Casi no cierra de puro llena, no puedo comprender cómo caben dentro tantas cosas; siempre acudo a ella en casos de perplejidad, aquí acaba viniendo a parar todo, seguro que, al abrirla, me acordaré de lo que venía a buscar. Tiro de una de sus asas, las paredes que estaba sujetando pierden apoyo y varios libros se desploman en cascada aparatosa; cuando voy a agacharme a recogerlos, con la cesta en la mano, tropiezo con uno y también yo ruedo por el suelo. De la tapadera de mimbre entreabierta escapan carretes, enchufes, terrones de azúcar, dedales, imperdibles, facturas, un cabo de vela, clichés de fotos, botones, monedas, tubos de medicinas, allá va todo, envuelto en hilos de colores.

No me he hecho daño. Alcanzo un almohadón, me lo pongo entre la espalda y el borde inferior de la cama y me quedo sentada en la franja estrecha de pasillo, contemplando los objetos desparramados y los hilos que enlazan sus perfiles heterogéneos. Ahí está el libro que me hizo perder pie: «Introducción a la literatura fantástica» de Todorov, vaya, a buenas horas, lo estuve buscando antes no sé cuanto rato, habla de los desdoblamientos de personalidad, de la ruptura de límites entre tiempo y espacio, de la ambigüedad y la incertidumbre; es de esos libros que te espabilan y te disparan a tomar notas, cuando lo acabé, escribí en un cuaderno: «Palabra que voy a escribir una novela fantástica», supongo que se lo prometía a Todorov, era a mediados de enero, cinco meses han pasado, son proyectos que se encienden como los fuegos fatuos, al calor de ciertas lecturas, pero luego, cuando falla el entusiasmo, de poco sirve volver a la fuente que lo provocó, porque lo que se añora, como siempre, es la chispa del encuentro primero. Las tapas del libro blanquean junto a un dedal dorado, la luz baja tenue, se está a gusto a ras de tierra; revivo el antiguo placer por habitar pasadizos, recodos y desvanes, aquel gusto infantil por los escondites. «Aquí no me encuentran», eso era lo primero que pensaba, y me instalaba allí a alimentar fantasías; también ahora puedo jugar, los objetos en libertad parecen fetiches, los muebles son copas de árboles, estoy perdida en el bosque, entre tesoros que sólo yo descubro, algo me va a pasar, todo consiste en esperar sin angustia, en dejarse a la deriva, hemos perdido el gusto por jugar y, en el fondo, es tan fácil, me voy a poner más cómoda.

Empujo con el pie a Todorov. Ha sido una caída de película de Buster Keaton; cuánto me hacían reír esas calamidades del cine mudo que luego he protagonizado cientos de veces: tropezar, confundirse de puerta, darse de bruces contra la pared, caerse de una silla, rodar escaleras, romper loza, tirarse un pastel sobre el vestido nuevo, chamuscarse en fuegos que uno mismo encendió, accidentes reiterados que, siempre que vuelven a producirse, descargan de tensiones y devuelven la propia identidad más que cualquier esfuerzo deliberado, torpezas que revelan la inseguridad del antihéroe.

Aún tengo la cesta de costura contra mi costado, barca librada del naufragio con unos pocos supervivientes en el fondo; me la pongo en el regazo y, debajo de una hebilla color ámbar, descubro un papel doblado que emite una extraña fosforescencia. Lo saco y lo empiezo a desplegar. Tiene tantos dobleces que se va convirtiendo en una superficie cada vez mayor, me arrodillo para extenderlo sobre el suelo, desplazando previamente los objetos que estorban, el papel es muy fino, azulado, y acaba tomando el tamaño de un plano que ocupa todo el ancho del pasillo, debe decir dónde está el tesoro; el aire que entra por la ventana lo levanta, le pongo un peso en cada una de sus cuatro esquinas; el aliciente de estas dificultades demora el deseo de su lectura que, al fin, emprendo tumbada de codos contra el suelo.

Es una carta larga, de letra apretada, dirigida a mí,

no tiene fecha, mi cuerpo tapa el lugar donde debe venir la firma, rectifico mi postura, presa de curiosidad, y queda al descubierto una inicial borrosa, indescifrable, la tinta aparece corrida como si se le hubiera caído encima una lágrima. Miro con desconcierto la mayúscula emborronada y luego vuelvo a echarme sobre el gran pliego, deslizándome hacia abajo a medida que voy leyendo. Me escribe alguien que está sentado en una playa y a quien la inmensidad que tiene enfrente y la libertad de elegir cualquier itinerario le agobian porque le sugieren mi ausencia, al parecer irreversible; se desprende de sus alusiones que esa libertad que ahora le parece vacía la ha estado anhelando durante una etapa anterior en la que me implica, es un hombre porque los adjetivos que se refieren a él vienen en masculino — «mutilado, anulado sin ti» —, mira el horizonte y se pone a llamarme durante mucho rato, hay varios renglones sin más contenido que el de mi nombre, escrito entre guiones y en minúscula, con una ondulación que imita las olas del mar, me dejo acunar por las líneas rizadas que me llaman, mientras el rumor de las olas verdaderas se iba llevando el eco de su llamada desde la orilla, lo dice un poco más abajo y literariamente resulta muy expresivo, también puntualiza que el tiempo que ha pasado diciendo mi nombre no lo puede calcular ni le importa porque ya, en adelante, el tiempo no le volverá a valer nunca para nada; luego se levanta y se echa a andar perezosamente por la playa desierta, dejándose mojar los pies, se fija en que, dispersos por la arena, hay muchos fragmentos de muñecas rotas, brazos, cabezas, troncos y piernas, algunos de los restos vienen con las olas, describe el fenómeno como si no le produjera extrañeza, sigue caminando, se aleja con los zapatos en la mano, parece no llevar otro equipaje.

Me da pena que se pierda a lo lejos sin conseguir reconocer su figura, ¿será alto?, ¿qué edad tendrá?, la playa es más fácil de imaginar porque todas se parecen un poco, podría ser la misma donde yo me entretenía en hacer dibujos hace un rato; si el tiempo real y el de los sueños coincidieran, cabría la posibilidad de que se encontrara conmigo un poco más allá, antes de llegar a las últimas rocas, se detendría, me preguntaría que por qué estaba dibujando una casa, un cuarto y una cama y yo le diría: «si quieres que te lo diga, siéntate, porque es largo de contar» y, al contarlas en voz alta, salvaría del olvido todas las cosas que he estado recordando y sabe Dios cuántas más, es incalculable lo que puede ramificarse un relato cuando se descubre una luz de atención en otros ojos, él seguramente también tendría ganas de contarme cosas, se sentaría a mi lado, nos pondríamos a cambiar recuerdos como los niños se cambian cromos y la tarde caería sin sentir, saldría un cuento fresco e irregular, tejido de verdades y mentiras, como todos los cuentos. «Tanto llamarme —le diría yo— y, ya ves, estaba aquí, a menos de un kilómetro, menos mal que se te ha ocurrido echar a andar hacia este lado de la playa en vez de tirar para el otro», y hablaríamos del azar, en esta clase de encuentros se habla siempre del azar que urde la vida y fija las historias, se pondría el sol. Aunque también puede ser que no me reconociera porque los tiempos, claro, no coinciden; tal vez pasase de largo con indiferencia, ensimismado en sus pisadas, y a mí tampoco me extrañaría, por qué me iba a extrañar, pensaría simplemente: «¿adónde irá ése tan pensativo con los zapatos en la mano?».

Me pregunto quién será y cuándo y desde dónde me habrá escrito; yo, a veces, hace años, me escribía cartas apócrifas, las guardaba cerradas algún tiempo y luego las echaba al buzón con mis señas, pero ésta no es mi caligrafía, aunque me resulta vagamente familiar... No puedo esforzarme más, me estalla la cabeza, ¿adónde habrán ido rodando las pastillas de optalidón? El suelo se ha llenado de muñecas rotas, cuyos restos se incorporan a los objetos escapados del costurero y se enredan en la maraña de los hilos multicolores; a medida que se multiplica la dificultad del jeroglífico, se desbocan mis deseos de entenderlo, de repente ha subido la marea en un embate imprevisto y lo dispersa todo, arrebatado en su resaca, me doy definitivamente por vencida. Al hombre descalzo ya no se le ve.

Ahora la niña provinciana que no logra dormirse me está mirando a la luz de la lamparita amarilla, cuyo resplandor ha atenuado, poniéndole encima un pañuelo: ve este cuarto dibujado por Emilio Freixas sobre una página satinada de tonos ocres, la gran cama deshecha y la mujer en pijama, leyendo una carta de amor sobre la alfombra, le brillan los ojos, idealiza mi malestar. La estoy viendo igual que ella me ve; para que mi imagen se recomponga y no se le lleve la resaca, necesito pedir hospitalidad a aquel corazón impaciente e insomne, es decir, a mi propio corazón. Reparo con asombro en que es el mismo, me palpo el pecho, ahí está, sigue latiendo en el mismo sitio, sincronizado con los pulsos y las sienes, lo comprueba voluptuosamente; no creo que el corazón aumente mucho de tamaño, tiene trastornos incógnitos, dicen que el humo del tabaco lo afecta y empaña igual que la sobrecarga de emociones, pero eso ¿quién lo ve?, son mudanzas sutiles que se producen a hurtadillas, nuestro crecimiento era más visible, se acusaba en que de un año a otro había que bajar el jaretón de los vestidos o en que empezaban a apretarnos los zapatos del invierno anterior, pero yo creo que el corazón no crece, simplemente cuando se para, se paró, lo importante es que no se pare; a veces, los médicos te enseñan gráficas que corresponden a su extravagante caminar y en cuyas crestas descifran ellos un abstruso destino, igual que si leyeran las rayas de la mano — «Tiene usted un corazón muy bueno» —, y uno se queda maravillado de que tengan algo que ver esos perfiles con nuestras ansiedades, decepciones y entusiasmos. Tictac... todavía tiene cuerda, me ha dado a mí bastante resultado la víscera con sus aurículas y ventrículos que dibujaba en la pizarra de aquella aula de cristales sucios cuando me llamaban por mi nombre para dar la lección de Ciencias Naturales, mi nombre era también el mismo, corto y vulgar, no me imaginaba que pudiera sonar tan bien pronunciado por un hombre en la playa, me hubiera gustado más llamarme Esperanza o Esmeralda o Elisabeth, como Elisabeth Mulder, estaban de moda los nombres con E. largos y exóticos, el mío no sorprendía a nadie, empezaba con la C. de cuarto, de casa, de cama y de aquel corazón que dibujaba con tiza ante la mirada aburrida del profesor, el que se me aceleraba cuando Norma Shearer besaba a Leslie Howard, el que grababan los novios, atravesado por una flecha, en los árboles de la Alamedilla, el que llevaban los legionarios bordado en rojo debajo de la guerrera («detente, bala, el corazón de Jesús está conmigo»), el que salía siempre a relucir en los boleros que transmitía la radio y en el título de las novelas («El corazón no cambia», «Las trampas del corazón», «Corazones intrépidos»), ¡cuánto se ha hablado del corazón!, pero qué pocas veces, en cambio, nos paramos a rendirle homenaje verdadero, a pensar que es él solo quien corre con todos los riesgos y nos mantiene en vida, ahí aguantando, hermano, como un buen timonel, qué valiente, qué humilde y qué desconocido, sin cesar en tu brega desde entonces, tictac, tactac.

La niña deja caer la revista al suelo y apaga la luz de la lámpara amarilla, le está entrando sueño y a mí también; me tumbo sobre la carta, las estrellas se precipitan y aún tengo tiempo de decir «quiero verte, quiero verte», con los ojos cerrados; no sé a quien se lo digo.

II.   El sombrero negro

Me despierta el sonido del teléfono, lo cojo a tientas, sobresaltada, sin saber desde dónde, y una voz masculina desconocida pronuncia mi nombre y mis apellidos con un tono seguro en el que se trasluce cierto enojo. Doy la luz: «Sí, soy yo, pero ¿qué pasa?», y mientras le oigo decir que ha estado llamando a la puerta mucho rato y que ahora me telefonea desde el bar de abajo, compruebo que estoy acostada en la cama grande y que, al dar la luz, he tirado un vaso de agua que había en la mesilla y el embozo de la sábana se ha empapado. La humedad ha alcanzado también al libro de Todorov, que yace en la colcha con unos papeles encima. Lo seco atropelladamente con la manga del pijama.

—Perdone, ¿qué hora es? —le pregunto.

Me contesta que las doce y media, que ésa era la hora que le había marcado para la entrevista, no sé de qué entrevista se trata, pero no me atrevo a confesárselo; tiene una voz dominante, no se disculpa por haberme despertado, aunque lo ha tenido que notar, al parecer yo le había asegurado que estoy despierta siempre hasta muy tarde, dice que, si lo prefiero, se va y vuelve otro día.

—No, no se vaya. Estoy completamente despierta —le aseguro con una convicción incomprensible, como si en mantener esa mentira me fuera la honra—. Es que desde esta habitación del fondo se oye mal el timbre, es una casa con mucho pasillo, ¿sabe?

Pero ahora estaré al tanto, suba cuando quiera.

—Lo que pasa es que ya no veo al sereno, y como llueve de esta manera...

Miro hacia la ventana, que sigue entreabierta y sobre las losas de la terraza cae, efectivamente, una lluvia hostigada y torrencial.

—Pues espere un momento, bajo a abrirle.

Me quito el pijama a toda prisa, me enfilo unos pantalones, una camiseta, las sandalias, cojo las llaves, atravieso el cuarto de estar. Al llegar a la puerta que sale al pasillo, cubierta a medias con una cortina roja, me detengo unos instantes, antes de dar la luz, con el presentimiento de que va a aparecer una cucaracha. Pulso con recelo el interruptor, y a un metro escaso de mis pies aparece una cucaracha desmesurada y totalmente inmóvil, destacando en el centro de una de las baldosas blancas, como segura de ocupar el casillero que le pertenece en un gigantesco tablero de ajedrez; lo peor es que no se mueve, aunque es evidente que cuenta con mi presencia como yo con la suya, de ahí le viene la fuerza, su designio parece ser el de cortarme el paso. No sé el tiempo que nos mantenemos paralizadas una frente a otra, como intentando descifrar nuestras respectivas intenciones; yo, al cabo, descarto las del ataque y opto por las de la huida: echo a correr, saltando por encima de su cuerpo, que es casi del tamaño de un ratón, y me sigue con un tambaleo sinuoso; al doblar el segundo recodo del pasillo, dejo de mirar para atrás, llego agitada al vestíbulo, doy un portazo, salgo al rellano de la escalera, me considero a salvo. Apoyada, a oscuras, contra la pared, junto al hueco del ascensor, procuro tranquilizarme y esperar a que mi respiración se normalice, era enorme, parecía que me miraba, ¿me estará esperando?, menos mal que, cuando vuelva a entrar, no vendré sola, la compañía de un hombre siempre protege.

La escalera se ha iluminado de repente, me acerco al ascensor con intención de llamarlo, pero no llego a tiempo de hacer el ademán, porque la flecha roja se ha encendido por su cuenta; me quedo con el dedo en el aire junto al cuadro de botones, el ascensor está subiendo, ¿vendrá aquí?, debe ser él. Espero con una ansiedad mezclada de susto, como antes de ver aparecer a la cucaracha; la flecha no se apaga, sigue subiendo, viene, ya debe haber pasado del quinto... y del sexto... se oye el ruido cerca, ya está aquí. Se para y un hombre vestido de negro sale y se queda mirándome de frente. Es alto y trae la cabeza cubierta con un sombrero de grandes alas, negro también.

—Por fin apareció el sereno — dice.

Y me tiende una mano grande y delgada, un poco fría. Después de estrechársela, la mía me tiembla un poco cuando meto la llave en la cerradura. Doy la luz del vestíbulo.

—Pase — le digo.

Le precedo por el pasillo, sin volverme, en silencio. Antes de doblar la primera esquina, me detengo en seco y su cuerpo tropieza contra mis espaldas, me sujeta, le miro cohibida, no creí que viniera tan cerca.

—Perdone, es que antes había aquí una cucaracha enorme y me asusté. Ya parece que no está, se habrá metido en la cocina.

Al fondo de este tramo del pasillo se ve el cuarto de estar envuelto en resplandor rojizo. Avanzo mirando con aprensión las baldosas blancas y negras.

—Las cucarachas son inofensivas —le oigo decir a mis espaldas—, y tienen un brillo muy bonito, además. Hay demasiados prejuicios contra ellas.

Hemos llegado al cuarto de estar, aparto la cortina, le dejo pasar delante y guardamos silencio. La puerta que comunica con mi alcoba, cubierta a medias por una cortina igual, ha quedado entreabierta. El hombre —lo comprueba con cierta inquietud— se dirige hacia ese punto y se queda mirando un cuadro que hay en la pared, junto a la entrada al dormitorio. Se titula «El mundo al revés» y consta de cuarenta y ocho rectángulos grabados en negro sobre amarillo, donde se representan escenas absurdas, como por ejemplo un hombre con guadaña en la mano amenazando a la muerte que huye asustada, peces por el aire sobre un mar donde nadan caballos y leones, una oveja son sombrero y cayado pastorando a dos gañanes, un niño a cuatro patas con una silla encima y el sol y la luna incrustados en la tierra bajo un cielo plagado de edificios. Era un papel de aleluyas que alguien compró una vez por dos pesetas en un pueblo de Andalucía, me lo regaló y yo lo mandé plastificar y ponerle un marco dorado. El hombre lo contempla con atención, luego se vuelve, se quita el sombrero, que está bastante mojado, y me consulta con la mirada si lo puede dejar sobre la mesa, le digo que sí. Tiene el pelo muy negro, un poco largo; sus ojos son también muy negros y brillan como dos cucarachas.

—Así que tiene miedo de las cucarachas — dice.

—Sí, sobre todo cuando pienso que van a aparecer, lo que más terror me da es la forma que tienen de aparecer cuando se está pensando en ellas y de arrancar a andar a toda prisa, son imprevisibles.

—Son misteriosas — admite —. Como todas las apariciones. ¿A usted no le gusta la literatura de misterio?

Ha dejado el sombrero, como un pisapapeles provisional, sobre unos folios que había junto a la máquina de escribir. Todos sus ademanes parecen de cámara lenta.

—¿La literatura de misterio? Sí. Siempre me ha gustado mucho. ¿Por qué?

—Como no la cultiva.

Se ha sentado, sin que yo le invitara a hacerlo, en el rincón de la izquierda del sofá. Yo me he quedado en pie junto a la mesa donde acaba de posar el sombrero. Por la parte superior de la máquina asoma un folio empezado, leo de refilón: «...al hombre descalzo ya no se le ve». ¿Cuándo he escrito esto?, tenía idea de haber dejado la máquina cerrada y con la funda puesta, últimamente estoy perdiendo mucho la memoria. Miro, como para tomar contacto con la realidad, la figura de mi visitante, que ha extendido las piernas y está explorando la habitación, desde su asiento, con una mezcla de interés, pausa y lejanía. Trato de concentrarme en lo último que ha dicho, me da la impresión de que lo ha dicho hace demasiado rato.

—Bueno, mi primera novela era bastante misteriosa —digo algo aturdida, con la mirada fija de nuevo en la mesa donde me apoyo. También los folios que deja ver el sombrero están escritos, parte a mano y parte a máquina, forman un montón como de quince, hace tanto tiempo que no escribo nada que me inspiran una profunda curiosidad. Mi mayor deseo sería sentarme a mirarlos, pero la voz del hombre aventa mi propósito.

—Perdone, no he entendido bien lo que ha dicho, habla usted muy bajo.

—Sí, calculo mal la voz — digo, alzándola —, unas veces hablo demasiado alto y otras demasiado bajo.

—Eso les ocurre a todos los sordos — concede con la misma naturalidad con que afirmó que las cucarachas son misteriosas —. ¿Padece usted trastornos de oído?

—Sí, ya hace algún tiempo.

De pronto flota en la atmósfera esa peculiar tirantez que se produce en la consulta de los médicos antes de que empiecen a indagar los síntomas de nuestra enfermedad. Me sorprendo diciéndole.

—Cuando oigo peor es cuando estoy echada.

Y luego me paro en seco, al darme cuenta de lo absurdo de la frase, y porque tengo la impresión de que me está mirando con cierta ironía.

—Por eso antes no oí llamar a la puerta — añado apresuradamente —, porque estaba echada.

Vuelvo a quedarme abstraída. Cuando me despertó el teléfono estaba echada encima de la cama, sí, se me cayó el vaso de agua. ¿Pero antes? Antes me había quedado dormida sobre el suelo, encima de una carta azul. Miro hacia la cortina que da paso al dormitorio, con la mente en blanco, como siempre que he perdido una cosa y, para encontrarla, me esfuerzo en reproducir el itinerario de mis pasos borrados en la niebla («¿Salí?» «¿Fui a la cocina?» «Yo creo que llevaba las llaves en la mano»), es una situación en cuyas redes me encuentro aprisionada con mucha frecuencia; cuántos ratos perdidos, cuántas vueltas inútiles por esta casa, a lo largo de los años, en busca de algo. ¿Qué busco ahora? Ah, ya, un rastro de tiempo, como siempre, el tiempo es lo que más se pierde, un tramo sin rescatar entre la desaparición del hombre de la playa y la llamada telefónica de este otro. «Al hombre descalzo ya no se le ve.» ¡Claro!, ya está, debí salir aquí y ponerme a escribir por ver de espantar el insomnio.

—¿Por qué no viene a sentarse? — me pregunta el hombre de negro, señalándome un sitio a su lado en el sofá, como si fuera él el dueño de la casa y yo la visitante.

Obedezco maquinalmente, sumida aún en mis conjeturas, que se deshilvanan a medida que me alejo de la mesa. Quizá todo consista en perder el hilo y que reaparezca cuando le dé la gana, yo siempre he tenido demasiado miedo a perder el hilo. Llego y me siento a su lado, el trayecto se me ha hecho largo, como si lo recorriera entre obstáculos.

—¿Por qué oído oye mejor? — me pregunta —. Siempre se oye mejor por un oído que por otro, ¿no?

—Sí, por el derecho.

Veo que se levanta cortésmente y se coloca a mi derecha. Yo me incorporo automáticamente y me corro hacia el rincón; habíamos quedado demasiado juntos.

—¿Qué decía usted? — reanuda —, ¿que está escribiendo una novela de misterio?

—¿Ahora? ...No, ahora no, hace tiempo que no escribo nada — digo, mirando todavía inquieta hacia la mesa donde sigo viendo los folios junto a su sombrero.

Por delante de mis ojos se alza el antebrazo del desconocido, en un gesto lento y algo solemne; se detiene a media altura y por el borde de la chaqueta asoma una muñeca delgada. El dedo índice se despliega y queda extendido señalando a la mesa.

—¿Cómo que no? ¿Y eso?

Hay un breve silencio, se me aceleran los latidos del corazón, la lluvia bate contra los cristales de la puerta ventana que está frente a nuestros ojos y que da a una terraza descubierta.

—¿Eso?... nada... no sé.

—¿Cómo que no sabe? ¿No es éste su cuarto de trabajo?

—Bueno, sí, a veces trabajo aquí, aunque no tengo un cuarto fijo para trabajar.

—Pero esa máquina es suya, ¿no?

—Sí.

—Entonces, haga memoria, es evidente que está escribiendo algo.

Me suena a interrogatorio policíaco, no soporto que me acorralen con interrogatorios.

—Por favor, déjelo, le digo que no sé.

Lo he dicho en un tono impaciente. El brazo desciende, desaparece de mi campo visual, experimento un ligero alivio. Pero es pasajero. La voz tranquila, impasible, vuelve a la carga.

34

—Pero, vamos a ver, ¿no sabe lo que está escribiendo? Es muy raro.

Su insistencia me provoca una irritación desproporcionada. Además su última frase ha coincidido con el resplandor de un relámpago sobre la barandilla de la terraza; es pura casualidad, ya lo sé, pero contribuye a sacarme de quicio. La voz, ingrata a mi control, estalla destemplada, al unísono con el trueno.

—¡Ya está bien, déjeme en paz! ¡No lo sé, no, le he dicho que no sé nada, que no me acuerdo de nada!

Ha quedado en el aire el eco de las dos descargas. Inmediatamente me avergüenzo. Le miro con intención de disculparme y veo, con sorpresa, que sonríe.

—Bueno, por lo menos eso es una garantía — dice.

—¿Una garantía?... ¿qué?

—Que no se acuerde de nada.

—No le entiendo.

—Da igual, no se puede entender todo.

Siempre que pierdo los estribos me pasa lo mismo, que en seguida la irritación se vuelve sordamente contra mí. La siento oscilar en el estómago, sin cauce de desahogo, como un alimento mal digerido; lo único que me apaciguaría sería tenderme un rato en el sofá y cerrar los ojos, pero me cohíbe esta presencia extraña. El sucedáneo del reposo es la actividad compulsiva, aunque nunca dé resultados; fingir que se atiende a algún quehacer urgente y aturdirse con él. Me pongo de pie, me acerco a la persiana, tal vez para bajarla, para evitar la visión de nuevos relámpagos.

—¿Qué le pasa? ¿Le asusta la tormenta?

La voz, a mis espaldas, ha sonado ahora solícita,

afectuosa, no me ha parecido extraña. Me vuelvo desde la puerta de cristales y los latidos del corazón se me apaciguan.

—Algunas veces, cuando estoy nerviosa.

—Ya. ¿Está nerviosa?

Parece como si realmente le interesara, no se le trasluce ánimo de fiscalizar sino de esclarecer, de aportar ayuda. Me encojo de hombros.

—¿La puso nerviosa la cucaracha? —insiste.

Depongo mi actitud defensiva, le sonrío.

—No se puede entender todo —digo simplemente.

—De acuerdo. Pero venga acá, no baje la persiana. Cuando hay tormenta, mejor mirarla.

Había agarrado la cinta elástica y sus palabras interrumpen mi ademán. Me acerco confiada, sintiendo que hemos hecho las paces. Delante del sofá hay tabaco en una mesita; cojo un pitillo, los dedos me tiemblan un poco. El brazo del desconocido me alarga fuego en un encendedor antiguo, de esos de mecha amarilla. Sopla la brasa, me inclino y nuestras cabezas quedan cerca. Despide un olor raro, como a loción de brea.

—Espere, se va a chamuscar el pelo —dice, apartándome un mechón que se me venía a la cara—. ¿Ha encendido?

—Sí, gracias.

Me vuelvo a sentar y nos quedamos en silencio, mirando la lluvia.

—A mí me encantan las tormentas —dice.

—A mí también me gustaban mucho cuando era pequeña. Me daban algo de miedo, pero era un miedo distinto.

Apoyo la cabeza en el respaldo del sofá. Me ha venido al recuerdo la oración que recitábamos cada vez que aparecía en el horizonte un relámpago:

> *Santa Bárbara bendita*
> *que en el cielo estás escrita*
> *con papel y agua bendita.*

Estábamos todos los primos en la casa de verano de Galicia, nos alumbrábamos con un candil de carburo, la tormenta se agarraba a los picos de las montañas; a mí me gustaba salir sola a mojarme a las escaleras de atrás, sentir la lluvia azotando los avellanos de la huerta, el olor a tierra húmeda, me llamaban, me buscaban, me reñían, me daba más miedo entrar que estar fuera, me daba miedo lo cerrado, el miedo de los otros, lo que más miedo me daba era rezar.

—No esté tan segura de que era un miedo distinto — dice el hombre —. Del miedo nunca se ha sabido nada, hablamos de él por hablar.

—Sí, de casi todos los sentimientos hablamos por hablar, por miedo a padecerlos a palo seco.

—Claro — dice —, por miedo al miedo.

Y la terraza se ilumina a la luz de un nuevo relámpago. Doy una chupada al pitillo. Preciosa, la Gitanilla de Cervantes, usaba un conjuro para preservar del mal de corazón y los vahídos de cabeza:

> *Cabecita, cabecita,*
> *tente a ti, no te resbales*
> *y apareja los puntales*
> *de la paciencia bendita.*

Verás cosas
que toquen en milagrosas:
Dios delante
y san Cristóbal gigante.

Siempre me ha tranquilizado como un ensalmo. Que la cabeza no resbale es lo más serio que se puede pedir, sobre todo si se le pide a la propia cabeza.
—Este trueno ha sido mayor — dice el hombre —. Tenemos la tormenta encima.
Cierro los ojos, invadida por una repentina languidez. Así, con los ojos cerrados, me puedo figurar que es un amigo de toda la vida, alguien a quien reencuentro después de una larga ausencia.
—¿Se encuentra bien? ¿O todavía tiene miedo?
—No, no.
Sonrío con los ojos cerrados.
«Oh, Raimundo — exclamó Esperanza, mientras brotaban las lágrimas de sus párpados cerrados —, contigo nunca tengo miedo. No te vuelvas a ir nunca.» Era de una novela que venía en «Lecturas». Estaba escrita la frase, según era estilo entonces, al pie de una de las ilustraciones, donde se veía a una mujer con la cabeza apoyada en el respaldo del sofá y a un hombre inclinándose solícito sobre ella. En otra ilustración anterior aún no se habían sentado en ese sofá, la habitación era la misma pero estaban uno frente a otro, en una actitud más tirante y comedida, ella con las piernas cruzadas y un vaso en la mano; decía debajo: «Esperanza y Raimundo se miraban con melancólico asombro», parece que estoy viendo aquel dibujo que anunciaba las lágrimas del reen-

cuentro. Cuánto me gustaban las novelas rosa.
—Pues podemos seguir hablando de literatura de misterio, ¿qué mejor ocasión que una noche de tormenta?; vamos, si tiene ganas...
Asiento sin abrir los ojos. Que empiece él por donde quiera. Me gustaría no hablar más, atreverme a apoyar la cabeza en su hombro. Me concentro en esta idea que me exalta, pero de inmediato se ve acosada por un ejército de razones encargadas de salvaguardar la normalidad y oponerse al riesgo; surgen como una flora de anticuerpos que cercan a la tentación, se entabla una lucha intensa y breve que conozco de antiguo. Al final, mi cabeza permanece inmóvil, como era de esperar: caer en la tentación siempre ha sido más difícil que vencerla.
Él no dice nada, parece no tener prisa por atacar el tema que sugirió. Noto que sus dedos se acercan a los míos y me quitan el pitillo que, probablemente, se consumía; debe estarlo apagando contra el cenicero. Mi languidez placentera se ha convertido en tensión, en algo incómodo; mantenerme quieta, en silencio y con los ojos cerrados empieza a ser como mantener una apuesta contra mí misma. Siempre resiste más el más indiferente.
—Dígame en qué piensa, por favor — pronuncio, al cabo, como dándome por vencida.
—En nada especial — le oigo decir con voz imperturbable —. Estaba mirando la habitación. Es preciosa esta habitación.
Abro los ojos y siento que salgo a flote. Es como si alguien me los hubiera vendado para darme una sorpresa y luego me dijera: «Ya puedes mirar». La

habitación me parece, efectivamente, muy bonita, como si la viera por primera vez en mi vida. Me gusta, sobre todo, el empapelado rojo de la pared, que se prolonga también por el techo. A veces tengo sueños donde acabo de correr un gran peligro, tormentas, naufragios, extravíos, y alguien me coge de la mano y me lleva a un refugio, me acerca a la lumbre. Es una sensación intermedia entre ésa y la del juego de los ojos vendados: de retorno y alivio. Querría decirle que ya no tengo miedo —«Oh, Raimundo, contigo nunca tengo miedo»—, que le agradezco que me haya traído a esta habitación. Siempre hay un texto soñado, indeciso y fugaz, anterior al que de verdad se recita, barrido por él.

—Sería bonito que hubiera una chimenea — digo, mirando hacia la mesa donde posó el sombrero —. Ahí, en ese rincón, ¿verdad?

—Sí. ¿Y por qué no la pone?

—Nunca lo había pensado. Se me acaba de ocurrir ahora, así de repente.

—Pues no sería difícil, porque esto es un último piso, ¿no?

—Sí.

—Tiraría bien.

Me encojo de hombros.

—Puede, pero da igual, me da pereza meterme en obras.

La chimenea soñada que, por unos instantes, había surgido en el rincón con sus leños crepitantes, tragándose los folios que no recuerdo haber escrito y propiciando una conversación sobre literatura de misterio con el desconocido que me ha traído al refugio, se desvanece y la habitación vuelve a ser la de siempre con todo su peso de recuerdos y resonancias. Ahora el hombre vuelve a mirar hacia la máquina de escribir.

—¿Trabaja siempre aquí?

—No, cambio mucho de sitio. A veces trasladar los papeles a otra habitación, sobre todo si estoy embarrancada, me anima, me hace el mismo efecto que viajar a otra ciudad, y como yo viajo poco...

—¿Por qué? ¿No le gusta viajar?

—Sí me gusta, pero nunca me lo propongo; para viajar necesito un estímulo. Creo que los viajes tienen que salir al encuentro de uno, como los amigos, y como los libros y como todo. Lo que no entiendo es la obligación de viajar, ni de leer, ni de conocer a gente, basta que me digan «te va a encantar conocer a Fulano» o «hay que leer a Joyce» o «no te puedes morir sin conocer el Cañón del Colorado» para que me sienta predispuesta en contra, precisamente porque lo que me gusta es el descubrimiento, sin intermediarios. Ahora la gente viaja por precepto y no trae nada que contar, cuanto más lejos van, menos cosas han visto cuando vuelven. Los viajes han perdido misterio.

—No —dice él—, no lo han perdido. Lo hemos perdido nosotros. El hombre actual profana los misterios de tanto ir a todo con guías y programas, de tanto acortar las distancias, jactanciosamente, sin darse cuenta de que sólo la distancia revela el secreto de lo que parecía estar oculto.

La última frase la ha dicho mirándome con una expresión diferente, indescifrable, como si estuviera aludiendo a otra cosa. Y me perturba porque me recuerda a algo que me dijo alguien alguna vez.

—Sí... la distancia — digo, como tratando, en vano, de recuperar ese recuerdo titubeante.

—¿La distancia, qué?

Le miro. Su rostro vuelve a ser el de un desconocido. Inmediatamente, sobre esa pauta, recompongo la expresión indiferente del mío, renuncio a la búsqueda, vuelvo al texto.

—Nada, que tiene usted razón, que ahora está todo demasiado a mano. Antes las dificultades para desplazar eran el mayor acicate de los viajes, cuántos preparativos, los viajes empezaban mucho antes de emprenderlos. ¡Lo que significaba, Dios mío, salir al extranjero!, con qué vehemencia se deseaba, parece que estoy viendo mi primer pasaporte; cuando al fin lo conseguí, dormía con él debajo de la almohada las noches anteriores al viaje. Yo creo que por eso le saqué luego tanto sabor a todo.

—También sería porque era usted más joven.

—Sí, claro, tenía veinte años. ¿Pero usted cree que ahora sale con esa ilusión al extranjero la gente de veinte años?

—Posiblemente no. ¿Adónde fue usted?

—A Coimbra. Me habían dado una beca de estudios. Pero hubo que arreglar muchas cosas, la primera mi situación anómala con el Servicio Social, una chica no podía salir al extranjero sin tener cumplido el Servicio Social o, por lo menos, haber dejado suponer, a lo largo de los cursillos iniciados, que tenía madera de futura madre y esposa, digna descendiente de Isabel la Católica.

—¿Y usted no la tenía?

—Se ve que no. Por lo menos los informes no fueron muy satisfactorios. Tuve que firmar un papel comprometiéndome a pagar una especie de multa, que consistía en el cumplimiento, a mi regreso, de algunos meses más de prestación.

—¿Y lo firmó?

—Sí, claro. Por eso le he hablado de la ilusión de salir. Si supiera lo horrible que se me hacía cumplir el Servicio Social, entendería mejor la significación que tuvo para mí llevar a cabo aquellos papeleos. Otro inconveniente fue convencer a mi padre, era la primera vez en mi vida que iba a viajar sola, pero bueno, también le convencí, me salió una retórica-castelariana, ya le digo, no se me ponía nada por delante. También hay que decir que luego, tal vez como compensación a tanto entusiasmo, el viaje no me defraudó: Portugal me pareció el país más exótico y más lejano de la tierra.

—Portugal siempre ha estado lejos —dice el hombre de negro—, posiblemente a causa de su misma cercanía física, que, sin duda, no deja de ser un espejismo.

Lejos, muy lejos, sí. Es verano, vamos de excursión en un autobús naranja, alguien ha venido contando la historia de doña Inés de Castro, prisionera en la Quinta del Mondego, el autobús se para, llegamos a Amarante, nos bajamos allí, hay muchos viñedos, ¿cómo no va a estar lejos un lugar que se llama Amarante, si es como de novela caballeresca o de cuento de hadas?, yo llevo un traje de piqué blanco con escote cuadrado y con almohadillas en las hom-

breras, en cuanto nos bajamos del autobús nos dan
vino, me pongo a cantar un fado, entre dientes:

> *Faz o ninho n'a outra banda*
> *deix en paz meu coraçao...*

« ¡Qué pronto has aprendido el fado! », me dice la
becaria de Madrid, una chica de ojos claros que com-
partía mi habitación en la residencia donde nos habíamos conocido, una residencia de monjitas cerca del
Penedo da Saudade; ese fado nos lo venían a cantar
todas las noches debajo de la ventana dos portugueses desconocidos, que nos mandaban también poemas y cartas firmados con una inicial, nos intrigaban,
conseguían tenernos en vilo. Tardamos mucho en
conocerlos. Los amores en Portugal eran negocios
de proceso muy lento, de ritual antiguo, amores de
ausencia.
—Seguro que tuvo usted algún amor en Portugal — dice el hombre de negro.
—Sí. Un chico de Oporto, estudiante de ingeniería,
que me venía a cantar fados debajo de la ventana.
Cuando nos vimos por primera vez se iba al día siguiente y ya se despidió. Nos despedimos muchos
días más, cada entrevista era una despedida, pero no
se iba nunca. En eso consistía el encanto. En que yo
me creía que se iba.
—Muy portuguesa, esa historia.
—Ya lo creo. Luego, durante años, me estuvo escribiendo cartas a Salamanca, las guardé mucho tiempo
en un baulito de hojalata, que había sido antes de
mi madre; escribía bien aquel chico, nunca me vino

a ver, todo era en plan poético, decía que quien quisiera hablar de la primavera sin haberme conocido tendría una idea falsa; ahora siento haber quemado aquellas cartas.

—¿Por qué las quemó?

—No sé. He quemado tantas cosas, cartas, diarios, poesías. A veces me entra la piromanía, me agobian los papeles viejos. Porque de tanto manosearlos, se vacían de contenido, dejan de ser lo que fueron.

Me quedo callada. La última gran quema la organicé una tarde de febrero, estaba leyendo a Machado en esta misma habitación y me dio un arrebato. Pero las cartas del chico portugués ya las había quemado antes, tal vez cuando la mudanza de Salamanca, o se me perderían, no me acuerdo.

—Lo más terrible de las cartas viejas — dice el hombre pensativo — es cuando ha olvidado uno dónde las guardaba o no sabe si las guardaba siquiera y de pronto reaparecen. Es como si alguien, desde otro planeta, nos devolviera un trozo de vida.

Le miro turbada, pensando en el hombre de la playa. Su carta debió ser posterior a mi auto de fe de febrero. O tal vez la indultara del fuego por parecerme demasiado bonita, quién sabe.

—Yo no lo encuentro terrible — digo —, me parecen maravillosas esas reapariciones.

—Todo lo maravilloso es un poco terrible. Por cierto, que seguimos sin hablar de la literatura de misterio.

—No esté tan seguro. La literatura de misterio tiene mucho que ver con las cartas que reaparecen.

—¿Con las que desaparecen, no?

—También con las que desaparecen.

—¿Y qué fue del baulito de hojalata?

—Lo regalé hace unos años.

—Supongo que vacío.

—Sí, vacío. Después de la última quema ya no lo usaba. La culpa la tuvo don Antonio Machado.

—¿Don Antonio Machado? Me resulta increíble.

—Pues sí. Estaba leyendo poemas suyos en este mismo cuarto... bueno, era el mismo, pero los muebles no, este sofá por ejemplo, no existía, y había una mesa que ahora tengo en la cocina, encima de ella apoyaba el libro, de pronto llegué a un poema que dice:

> No guardes en tu cofre la galana
> veste dominical, el limpio traje,
> para llenar de lágrimas mañana
> la mustia seda y el marchito encaje,

no sé si lo recuerda.

Le miro y los ojos le brillan intensamente.

—¿Cómo quiere que no me acuerde?

Recordar y acordarse son palabras de distinto matiz; al decir que se acuerda, parece aludir a la escena de aquella tarde de febrero, no al texto de Machado. Bajo los ojos.

—¿Y qué pasó?

—Pues nada, que me vi disparada a la vejez, condenada al vicio de repasar para siempre cartas sin perfume, con la tinta borrosa de tanto manosearlas y llorar sobre ellas y me entró un furor por destruir papeles como no recuerdo en mi vida; me levanté y me puse a sacar cartas y a vaciar el contenido del baulito, lo apilé todo ahí en el pasillo y lo fui tirando a la caldera de la calefacción sin mirarlo, una hora estuve y a cada puñado crecían las llamas, sabe Dios cuántos tesoros caerían.

Me he quedado mirando al pasillo a través del hueco de la cortina roja. Ni siquiera queda la tumba; el sitio donde estaba la caldera aparece ahora blanqueado.

—Entonces teníamos calefacción de carbón —aclaro.

El hombre ha seguido la dirección de mis ojos. Trato de imaginarme cómo estará viendo esta casa, me pregunto si yo, que creo conocerla tanto, la habré visto alguna vez como él ahora. Nunca se descubre del todo el secreto de lo que se tiene cerca.

—¿Hace mucho que vive en esta casa?

—Desde el año cincuenta y tres.

Suspiro. He vuelto a coger el hilo, como siempre que me acuerdo de una fecha. Las fechas son los hitos de la rutina.

—Precisamente ese año — reanudo — es cuando empecé a escribir mi primera novela, esa que le decía antes que es bastante misteriosa..., cuando no me oyó.

Era esta misma casa, sí, recuerdo la luz gris que entraba por la ventana de una habitación pequeña que había, según se sale a la derecha, casi no tenía muebles, estaba la máquina de coser, abrí un cuaderno con tapas de hule y escribí: «Hemos llegado esta tarde, después de varias horas de autobús...». No sabía muy bien cómo iba a seguir, pero el principio me gustó, me quedé con la pluma en alto mirando por la ventana, amenazaba lluvia.

—¿Qué novela? — dice — ¿Aquella que ocurría en un balneario?

Me parece haber percibido cierta decepción en su voz.

—Sí, ésa. ¿No le parece que tiene misterio?

—Hubiera podido ser una buena novela de misterio, sí — dice lentamente —, empezaba prometiendo mucho, pero luego tuvo usted miedo, un miedo que ya no ha perdido nunca, ¿qué le pasó?

—No me acuerdo, ¿miedo?... no sé a qué se refiere.

—¿Se acuerda usted de la llegada?... La llegada al balneario, digo.

Hago un leve gesto de asentimiento, que no se refiere para nada a ese texto del año cincuenta y tres por el que parece interesarse, sino que retrocede a sus fuentes. La llegada a los balnearios siempre me producía zozobra y exaltación. Y no entendía por qué, si era todo tan normal, un mundo inmerso en la costumbre, rodeado de seguridades, habitado por personas aquiescentes y educadas que se dirigían sonrisas y saludos, inmediatamente dispuestas a acogernos en su círculo, a cambiar con nosotros tarjetas de visita de cuyo intercambio nacerían amistades perennes y obligatorias, alimentadas por la inconsistencia de un banal encuentro en los pasillos, en las escaleras que bajaban al manantial o en la sala de juegos. Nada de aquello me parecía verdad; sentía que me estaban engañando al hacerme recitar con ellos el texto de una función aparentemente inocua pero que encubría tal vez sordas amenazas. Y me aplicaba a descifrar algún signo distinto debajo de aquellos gestos avenidos, de aquellos rostros tranquilizadores. Yo era una señorita soltera de provincias, llegaba con mi padre, que padecía del riñón, a los dos días ya nos hablaba todo el mundo, sabían nuestro nombre y lo decían con confianza, nos relataban minucias de su enfermedad en los atardeceres apacibles.

Recuerdo, sobre todo, una llegada, desde Orense, al balneario de Cabreiroá, en Verín. Llegamos en un coche de alquiler, hacía calor y en lo alto se veía el castillo de Monterrey, envuelto en nubes rojizas; era el verano del cuarenta y cuatro, yo acababa de aprobar primero de Filosofía y Letras. Nos metimos por un parque muy frondoso, nos apeamos frente a la fachada del balneario y, mientras un botones sacaba el equipaje, me quedé mirándola inmóvil, con una intensa extrañeza. Llevaba en bandolera un bolso de piel blanca, cuadrado, con una correa larga, me lo había regalado mi padre un mes antes como premio a los exámenes, saqué el espejito, me miré y me encontré en el recuadro con unos ojos ajenos y absortos que no reconocía; noté que el botones, un chico de mi edad, me miraba sonriendo y eso me avergonzó un poco, fingí que me estaba sacando una carbonilla del ojo, pero pensaba angustiosamente que no era yo. Lo mismo que aquel sitio no era aquel sitio. Y tuve como una premonición: «Esto es la literatura. Me está habitando la literatura».

—Lo más logrado —dice el hombre— es la sensación de extrañeza. Usted llega con su acompañante, se apoyan juntos contra la barandilla de aquel puente a mirar el río verde con el molino al fondo, ahí ya está contenido el germen de lo fantástico, y durante toda la primera parte consigue mantenerlo. Ese hombre que va con usted no se sabe si existe o no existe, si la conoce bien o no, eso es lo verdaderamente esencial, atreverse a desafiar la incertidumbre; y el lector siente que no puede creerse ni dejarse de creer lo que vaya a pasar en adelante, ésa es la base de la literatura de misterio, se trata de un rechazo a todo lo que luego, en aquel hotel, se empeña en manifestarse ante usted como normal y evidente, ¿no?

—Sí... creo que era algo así.

Por la noche, en el comedor, descubrí a una familia de aspecto bastante fino: un padre con cuatro hijos jóvenes, dos chicas y dos chicos; de la madre no me acuerdo, aunque puede que hubiera madre también. A los balnearios no va casi nunca más que gente ya entrada en edad; me fascinaron, sobre todo el hijo mayor que llevaba un suéter blanco y adoptaba un aire displicente, los otros hermanos miraron a nuestra mesa en algún momento, disimuladamente, porque en los balnearios siempre es una novedad la llegada de gente nueva, pero él no miró ni una sola vez; le veía fumar silenciosamente entre plato y plato, mientras escuchaba, distraída, la conversación de mi padre: «Mira qué suerte, hay chicos jóvenes, podrás tener amigos». En los días que siguieron los conocí; eran de Madrid, gente de dinero, y el padre tenía intereses en aquel balneario, era el gerente, creo. Llegué a tener cierta amistad con las chicas y el pequeño, pero al otro se le veía menos, solía buscar la compañía de las personas mayores y algunas tardes se incorporaba a una partida de billar en la que también tomaba parte mi padre, se complacía en exhibir su *spleen* y aquella indiferencia que me lo hacía tan deseable; pocas veces se dignaba bajar de su olimpo, cruzaba por el salón como buscando algo o a alguien, mientras nosotros jugábamos a la brisca de compañeros o a las prendas, tal vez se acercaba, le daba un recado a sus hermanos y luego, cuando desaparecía, todo se volvía infinitamente insípido. Una noche, sin embargo, vino a apoyarse en el piano del salón donde la encargada, una viuda de buen ver, estaba tocando boleros y otros sones de la época, y permaneció en la misma postura bastante rato, llevaba un chaleco de punto de tonos marrones y una camisa blanca de manga corta; yo estaba en un rincón y coreaba, con los demás, aquellas canciones tratando de entonarlas lo mejor posible y de llenarlas de intención, mi deseo era retenerlo y que él lo entendiera sin que se lo tuviera que decir. Recuerdo el momento en que me atreví a alzar con desafío la cara y sorprendí su mirada fija en la mía, tampoco puedo olvidar el texto de la canción dentro de la cual, como en un recinto prohibido, se hablaron nuestros ojos:

> *Ven, que te espero en el Cairo,*
> *junto a la orilla del Nilo;*
> *la noche africana,*
> *sensual y pagana,*
> *será testigo mudo de nuestro amor...*

Me parece que era de una revista que· había tenido bastante éxito por entonces y que se titulaba «Luna de miel en el Cairo»; aquello fue el éxtasis, la culminación de todas las novelas que habían alimentado mi pubertad, el lugar no era ya el mismo, se había convertido en el salón de un trasatlántico, viajábamos al encuentro del infinito y las luces giraban, había desaparecido la mediocridad de la postguerra, aquel continuo hacer cuentas y pensar en un futuro incierto, el tiempo no existía ni yo estaba allí con mi padre previsor, honesto y razonable; cabía lo inesperado. Era la primera vez que me atrevía a mantenerle descaradamente la mirada a un hombre, sólo porque sí, porque me gustaba, y en aquellos instantes se concentraron todos los sueños, aventuras y zozobras del amor imposible, tuvo que notar lo que significaba para mí, no pestañeó, todo él destilaba una luz oscura de complicidad, de deseo compartido, me estaba arrastrando a los infiernos y yo sabía que lo sabía. Por fin bajé los ojos en un estado de total ebriedad, de placer, y cuando los volví a levantar, al cabo de no sé cuanto tiempo, la canción ya era otra y él se había ido. Desde entonces lo vi todavía menos; me paseaba al atardecer sola por el parque soñando con encontrármelo, me apoyaba en el tronco de un árbol, cerraba los ojos, esperaba. «Tiene que venir — me decía con miedo — no tiene más remedio que venir, sabe que le estoy esperando»; pero no vino nunca ni me volvió a mirar como aquella noche; las pocas veces que me dirigió la palabra parecía poner un especial interés en acentuar el tono banal, ni rastro de aquella mirada furtiva, intensa y magnética, era como si la hubiera soñado. Y, por otra parte, estaba segura de no haberla soñado, de haberla visto en sus ojos; eso era lo terrible, la ambigüedad. Me perdía en conjeturas inútiles.

—La ambigüedad es la clave de la literatura de misterio —dice el hombre de negro—, no saber si aquello que se ha visto es verdad o mentira, no saberlo nunca. Por esa cuerda floja tendría que haberse atrevido a avanzar hasta el final del relato.

—Sí —digo sin ganas—, puede que tenga usted razón.

La víspera de nuestra marcha, por la noche, le estuve escribiendo una carta de despedida bastante disparatada, no estaba segura de atreverme a dársela, pero escribirla me tranquilizó. A la mañana siguiente me puse un vestido blanco y rosa que me gustaba mucho y deambulé sin rumbó por pasillos y galerías con aquel papelito en el bolsillo, demorando el encuentro; me crucé con diversas personas que me saludaban y hablaban conmigo, les contestaba amable, con una especie de condescendencia olímpica, sabiéndome en posesión de un secreto que ellos nunca podrían compartir, capaz de hacer algo que nadie haría, porque ninguna chica modosa y decente de aquel tiempo tendría la audacia de escribir una carta así; salí al parque y la estuve releyendo, era totalmente literaria, el destinatario era lo de menos, me embriagaba de narcisismo. Entré en el hotel con paso resuelto, y nada más pisar el hall, lo vi de espaldas hablando con mi padre y otros señores, me acerqué, la compañía de los demás me amparaba, me puse entre mi padre y él, olía a loción «Varón Dandy» y llevaba una chaqueta de seda cruda, todo consistía en sacar la carta del bolsillo y pasarla al suyo, podía hacerlo casi sin que se diera cuenta, si era capaz de hacerlo, la mirada de amor habría existido, sino no, era como una apuesta, y también tenía algo de acertijo, los dedos me temblaban. En ese momento le oí decir el nombre de Hitler, se estaba dirigiendo a mí, me enseñaba un periódico — «¿No sabes lo que ha pasado?» —, lo cogí. Hitler acababa de ser víctima de un atentado del que había salido milagrosamente ileso, a los militares organizadores del complot los habían fusilado a todos; me quedé un rato allí sin abrir la boca ni que me volvieran a hacer caso, leyendo aquella noticia tan lejana e irreal que todos, y también él, comentaban con aplomo, como si la considerasen indiscutible. «Es el mayor tirano de la historia» — dijo mi padre. A mí no me importaba nada de los alemanes, no entendía bien por qué habían venido a España durante nuestra guerra, por qué los alojaron en nuestras casas, no entendía nada de guerras ni quería entender, ahora pienso que la muerte de Hitler aquel mes de julio pudo cambiar el rumbo de la historia, pero yo entonces aborrecía la historia y además no me la creía, nada de lo que venía en los libros de historia ni en los periódicos me lo creía, la culpa la tenían los que se lo creían, estaba harta de oír la palabra fusilado, la palabra víctima, la palabra tirano, la palabra militares, la palabra patria, la palabra historia. Me subí a mi cuarto, rompí la carta en un ataque de rabia y la mirada aquella se hizo añicos, pasó a engrosar los vertederos de la mentira; me quedé mucho rato sentada en la cama sin pensar en nada, mirando con perplejidad la maleta abierta con los trajes asomando en revoltijo. Luego llamó el botones a la puerta y me dijo que mi padre me estaba buscando; le reconocí, se sonreía, era el que me había visto mirándome en el espejito la tarde de nuestra llegada. Acabo de comprender que algo de esto es lo que, años más tarde, traté de rescatar en «El balneario», cuando la señorita Matilde se despierta de su sueño.

—¿Por qué empeñarse en puntualizar que era un sueño? — dice el hombre de negro —. Usted es demasiado razonable.

Le miro como si despertara. Está de perfil. No sé calcular su edad, podría ser el chico que se apoyaba en el piano. En los sueños se confunden unos personajes con otros.

—La segunda parte, la que empieza con el despertar y sigue con la descripción realista del balneario, lo echa todo a perder. Es fruto del miedo, perdió usted el camino de los sueños.

Lo ha dicho con tono de condena. Posiblemente mis trabajos posteriores de investigación histórica los considere una traición todavía más grave a la ambigüedad; yo misma, al emprenderlos, notaba que me estaba desviando, desertaba de los sueños para pactar con la historia, me esforzaba en ordenar las cosas, en entenderlas una por una, por miedo a naufragar.

—La literatura es un desafío a la lógica — continúa diciendo —, no un refugio contra la incertidumbre.

Sí... la incertidumbre; siempre da en el clavo. Precisamente aquella tarde del año cincuenta y tres, cuando me puse a escribir «El balneario», volvía a acosarme la incertidumbre; como el pájaro azul de las tormentas, volaba hacia mi ventana desde el atentado a Hitler, desde aquella primera mirada rota.

—¿Usted cree que yo tomo la literatura como refugio?

Se lo he preguntado con cierta ansiedad. Me parece estarle tendiendo la mano abierta para que me la lea. La respuesta es breve y solemne como una maldición gitana.

—Sí, por supuesto, pero no le vale de nada.

—Ningún refugio vale de nada, pero no se puede vivir al raso.

—Se puede intentar.

—Sería meterse en un laberinto.

—En un laberinto, bueno, pero no en un castillo. Hay que elegir entre perderse y defenderse.

Iba a replicar algo, pero comprendo que sería seguirme defendiendo. Y además a la desesperada, porque él sabe más esgrima que yo. Miro su sombrero negro posado sobre la mesa como una especie de pájaro de las tormentas dispuesto a graznar celebrando mi derrota.

—¿Usted no se defiende nunca?

—Ya no — dice —, renegué de los castillos hace mucho tiempo.

Hay un silencio, tal vez demasiado largo, tomado al asalto por el ruido de la lluvia batiendo contra la puerta de cristales que da a la terraza. He bajado los ojos, y en el espacio que separa sus botas negras y deslucidas de los dedos que asoman por mis sandalias, me parece ver alzarse un castillo de paredes de papel, mejor dicho de papeles pegados unos a otros, a modo de ladrillos, y plagados de palabras y tachaduras de mi puño y letra, crece, sube, se va a desmoronar al menor crujido, y yo me guarezco en el interior, con la cabeza escondida entre los brazos, no me atrevo a asomar. En la parte de abajo, componiendo el puente levadizo, reconozco algunos papeles de los que guardaba en el baúl de hojalata, fragmentos de mis primeros diarios, poemas y unas cartitas que nos mandábamos de pupitre a pupitre una amiga del Instituto y yo, la primera amiga íntima que tuve. Se les nota la vejez en la marca de los dobleces, aunque aparecen estirados y pegados sobre cartulina, formando una especie de *collage;* su letra es más grande y segura que la mía, con las *aes* bien cerradas, ninguna niña tenía una caligrafía así, valiente y rebelde, como lo era también ella, nunca bajaba la cabeza al decir que sus padres, que eran maestros, estaban en la cárcel por rojos, miraba de frente, con orgullo, no tenía miedo a nada. Íbamos a las afueras, cerca del río o por la carretera de Zamora, a coger insectos para la colección de Ciencias Naturales y los cogía con la mano, una vez incluso cogió una cucaracha en la cocina de casa y la miraba patalear en el aire, decía que era muy bonita («¿No te da miedo?» «No, ¿por qué?, no hace nada»), nunca tenía miedo ni tenía frío, que son para mí las dos sensaciones más envolventes de aquellos años: el miedo y el frío pegándose al cuerpo — «no habléis de esto», «tened cuidado con aquello», «no salgáis ahora», «súbete más la bufanda», «no contéis que han matado al tío Joaquín», «tres grados bajo cero» —, todos tenían miedo, todos hablaban del frío; fueron unos inviernos particularmente inclementes y largos aquellos de la guerra, nieve, hielo, escarcha.

Volverá a reír la primavera
que por cielo, tierra y mar se espera

atronaban los flechas por la calle, pero la primavera tardaba en llegar; el Instituto era un caserón inhóspito, sin calefacción, ella nunca llevaba bufanda, salíamos de clase en unos atardeceres de nubes cárdenas, comiendo nuestros bocadillos de pan con chocolate, habíamos inventado una isla desierta que se llamaba Bergai. En esos diarios hay un plano de la isla y se cuentan las aventuras que nos ocurrieron allí, también debe haber trozos de una novela rosa que fuimos escribiendo entre las dos, aunque no llegamos a terminarla, la protagonista se llamaba Esmeralda, se escapó de su casa una noche porque sus padres eran demasiado ricos y ella quería conocer la aventura de vivir al raso, se encontró, junto a un acantilado, con un desconocido vestido de negro que estaba de espaldas, mirando al mar.

—¿A qué edad empezó a escribir? — me pregunta el hombre de negro.

Le miro, tiene que notar lo que estoy pensando, seguro que lo nota, no sé cómo, pero ha visto el castillo de papeles.

—¿Quiere decir que a qué edad empecé a refugiarme?

Me sostiene la mirada, sonriendo. Lo nota, claro que lo nota, lo sabe todo.

—Sí, eso he querido decir.

—Hace mucho tiempo, durante la guerra, en Salamanca.

—¿Y de qué se refugiaba?

—Supongo que del frío. O de los bombardeos.

Cubriendo el ruido de la lluvia, han empezado a sonar las sirenas de alarma anunciando un bombardeo. Aquella trepidación, que estremecía de improviso la plaza provinciana, se estrella sin miramientos contra las almenas altas del castillo, construidas con recortes de mi investigación sobre el siglo XVIII, tambalea toda la edificación, la derriba. Encima de los papeles desparramados ha quedado una ficha grande escrita con mi letra de ahora (claro, lo más reciente queda siempre encima), pone, en mayúsculas: «Sitio de Montjuic. — 1706. — Felipe V se bate en retirada», y debajo, en letra pequeña, la descripción de aquella catástrofe, recuerdo que la escribí en el archivo de Simancas, una tarde de sol, cuando había empezado a refugiarme en la historia, en las fechas, se levantó el campo de noche, se abandonó toda la artillería, vituallas, bagajes, y las tropas, hostilizadas por el enemigo, huían por desfiladeros y barrancos: «...para mayor infortunio, al día siguiente se eclipsó el sol y creció el espanto». El cielo de papel se ha caído y me ha pillado debajo, los soldados del Archiduque Carlos corren por encima de mí, me van a aplastar, me enredo en los estandartes desgarrados, me asfixio, tengo que salir a buscar otro refugio, ninguno es seguro.

—¿Se acuerda usted de los bombardeos de la guerra?

Miro al hombre de negro sin comprender, al princi-

pio, a qué guerra se refiere, si a la de Sucesión o a
la del año treinta y seis.

—¿De los bombardeos? Sí, sí que me acuerdo. Un
día cayó una bomba en una churrería de la calle Pérez Pujol, cerca de casa, mató a toda la familia del
churrero; la niña era muy simpática, jugaba con
nosotros en la plazuela, al padre no le gustaba ir
al refugio, decía que prefería morirse en casa, que
lo que está de Dios, está de Dios. Ya vé, ése vivía al
raso, no tenía miedo.

—¿Y usted?

—Yo entonces tampoco, porque no entendía nada,
todo lo que estaba ocurriendo me parecía tan irreal.
¿Ir al refugio?, pues bueno, era un juego más, un
juego inventado por los mayores, pero de reglas fá-
ciles: en cuanto se oyera la sirena, echar a correr.
¿Por qué?, eso no se sabía, ni se preguntaba, daba
igual, todo el mundo obedecía sin más a lo establecido por el juego. El churrero aquel no quiso jugar
y lo tuvieron por loco; pobre hombre, hacía unos
buñuelos riquísimos.

—¿Había muchos refugios en Salamanca?

—Muchos, nacieron como hongos en pocos meses,
tapaban las calles.

A tapar la calle, que no pase nadie,
que pasen mis abuelos, comiendo buñuelos

cantaba, agarrada de nuestras manos, la niña del churrero. Sus padres dejaron de hacer buñuelos y ella
dejó de cantar; quedaron como ejemplo de insensa-

tez, como recuerdo de lo indispensable que era tener montada siempre la alerta del miedo.

—¿Y usted iba al refugio?

—¡Toma! A ver...

«¿Pero no habéis oído la sirena?» Mi padre aparece en la puerta de su despacho, esforzándose por conservar un gesto sereno. «¿Dónde están las niñas?» Mi madre se apresura por el pasillo, nos llama. Estábamos recortando mariquitas en el cuarto de atrás, uno que tenía un sofá verde desfondado y un aparador de madera de castaño que ahora está en la cocina de aquí, era el cuarto de jugar y de dar clase, pero poco después, en los tiempos de escasez, se convirtió en despensa; soltamos las tijeras y las cartulinas, «¡vámonos al refugio!», salimos a la escalera, nos tropezamos con el vecino del segundo, un comandante muy nervioso, con bigote a lo Ronald Colman, que iba gritando, mientras se despeñaba hacia el portal: «¡Sin precipitación, sin precipitación!». Algo detrás bajaba la familia, uno de los hijos era de mi edad, me sonríe, me coge de la mano, «no tengas miedo», cruzamos todos la plaza de los Bandos bajo el silbido pertinaz; el refugio estaba enfrente, lo habían construido aprovechando una calleja estrecha que había entre la iglesia del Carmen y la casa de doña María la Brava, nos metemos allí mezclados con la gente que acudía en desbandada y nos empujaba hacia el fondo; mi padre trataba de resistir a los empellones, se paraba, nos buscaba con la vista, «a ver si podemos quedarnos aquí mismo, venir, no os

separéis», cerraban las puertas y ya no cabía nadie
más. «¡Qué angustia! — decían las personas mayores, según iban acoplando su cuerpo al recinto abo-
vedado —, no se respira», y algunos niños lloraban,
pero yo no sentía claustrofobia ninguna mientras el
hijo del comandante no se soltara de mi mano, me
protegía más que mis padres, ni comparación. «¿Se
está a gusto, verdad?», me decía al oído; y nos mi-
rábamos casi abrazados, al amparo de la situación
excepcional, a ratos en cuclillas, para sentirnos aisla-
dos entre las piernas de la gente. «Tienes que subir
a casa, papá ha traído ayer santos nuevos, uno precioso, grande, con túnica de oro, se llama san Froi-
lán, casi no cabe en el pasillo.» Su padre salía algunas
noches en un camión a requisar riquezas que iban
quedando, a merced del primero que llegara, dentro
de las iglesias abandonadas en pueblos que tomaban
las tropas nacionales, volvía también de noche y des-
cargaba su botín, iba y venía al frente siempre para
lo mismo; a mí me fascinaba aquel pasillo del piso
de arriba que parecía un museo, pero les gustaba
poco que subiera gente a su casa. «Yo te llamo a
la tarde por el patio, ¿quieres?, cuando esté sólo
Lucinda»; Lucinda era una criada pelirroja que protegía nuestros amores, aquellos amores furtivos de
los diez años. Ese niño y la hija de los maestros en-
carcelados fueron mis primeros interlocutores secretos, con los dos tejí fantasías e historias, que aún
recuerdo, y los quería a los dos igual, pero nunca les
hablaba a uno de otro, porque había intuido que
ellos entre sí nunca iban a poder quererse, y lo más
triste era que no entendía por qué; conocí el desga-

rrón, probado luego tantas veces, de las pasiones irreconciliables.

—En Salamanca estaba el Cuartel General, ¿no?

—Sí, allí estaba, en el Palacio del Obispo.

—Vería usted a Franco.

—Claro; una vez, me acuerdo, después de no sé qué ceremonia en la catedral, a una distancia como de aquí a esa mesa, muy tieso, con sus leggis y su fajín de general, saludando con la mano y tratando de mostrarse arrogante, aunque siempre tuvo un poco de barriga, iba con la mujer y con la hija, llevaban poca escolta. Fue la primera vez que yo pensé cuánto se deben aburrir los hijos de los reyes y de los ministros, porque Carmencita Franco miraba alrededor con unos ojos absolutamente tediosos y tristes, se cruzaron nuestras miradas, llevaba unos calcetines de perlé calados y unos zapatos de charol con trabilla, pensé que a qué jugaría y con quién, se me quedó grabada su imagen para siempre, era más o menos de mi edad, decían que se parecía algo a mí.

Siento fija sobre mí la mirada apreciativa de mi interlocutor.

—¿A usted? — dice —. ¡Qué disparate!

No sé si tomarlo como un piropo o como un jarro de agua fría. Carmencita Franco era muy guapa para mi gusto, condicionado, claro, por el de los demás: los cánones del gusto, que tanto varían de una época a otra, siempre hacen alusión a los rostros y estilos de la gente famosa, aquella que, por una razón o por otra, ha merecido venir retratada en los periódicos. Otra referencia para los adolescentes de entonces era Diana Durbin, y es curioso que aún hoy siga asociando el nombre de esas dos mujeres-niñas, aunque ya entonces las sintiera situadas en polos diametralmente opuestos. Influida por la lectura de las novelas rosa, que solían poner un énfasis lacrimoso en las insatisfacciones de las ricas herederas, pensaba en la niña de Franco como en un ser prisionero y sujeto a maleficio, y me inspiraba tanta compasión que hasta hubiera querido conocerla para poderla consolar, se me venían a la mente los versos de Rubén Darío que aprendí de memoria:

> La princesa está triste,
> ¿qué tendrá la princesa?

allí tan cerca y tan lejos, metida todo el día en el Palacio del Obispo, mientras yo leía cuentos de Antoniorrobles o recortaba castillos de cartulina en el cuarto de atrás, tan revuelto y acogedor, y hacía una pausa para imaginar su cara aburrida mirando las mismas nubes que yo también miraba en ese momento,

> ...los suspiros se escapan de su boca de fresca,
> que han perdido la risa, que ha perdido el color.

Diana Durbin, en cambio, suministraba modelos americanos de comportamiento, me la imaginaba dotada de la misma travesura, audacia e ingenio que desplegaba para sortear las peripecias que se sucedían en el argumento de sus películas. Había leído que, antes de ser actriz, iba al colegio en patines, con su cartera al hombro y — ¡más difícil todavía! — comiéndose un

64

helado de limón. Aquella escena se me antojó fascinante, no paré hasta que me compraron unos patines, pero nunca pasé de una mediocridad patosa, sembrada de tropezones y caídas, ¿quién iba a soñar con ir en patines al Instituto?, esa aventura significaba para mí la alegoría de la libertad. Coleccionaba cromos de Diana Durbin, salían en los pesos de las farmacias o venían en las tabletas de chocolate, pequeños, en cartulina dura, marrón y sepia, Claudette Colbert, Gary Cooper, Norma Shearer, Clark Gable, Merle Oberon, Paulette Godard, Shirley Temple, ídolos intangibles que emitían un misterioso y lejano fulgor. Seguramente también los coleccionaba la niña de Franco, allí sola, sin hermanos, entre los tapices de su jaula de oro.

—¿Envidiaba usted a Carmencita Franco? —pregunta, inopinadamente, mi entrevistador.

Por primera vez, desde que ha entrado, se me ocurre pensar que es un entrevistador y le miro con una especie de asombro mezclado de simpatía. Ni trae magnetófono, ni ha sacado bloc para apuntar nada, ni me ha hecho, por ahora, preguntas de las que son de rigor entre las gentes del oficio, así que me da pie para que le pague en la misma moneda: tampoco mis respuestas tienen por qué ser convencionales.

—Pues sí, la envidiaba un poco por el pelo —digo—, como a Diana Durbin. Para la moda de entonces, lo ideal era el pelo ondulado, yo lo tenía muy liso.

—¿Y cómo se peinaba? ¿Con trenzas?

—No, llevaba el pelo corto. Me lo rizaba mi madre, con un sistema muy elemental que había aprendido ella de pequeña, los chifles; se había convertido en un rito que me pusiera los chifles todas las noches, luego me enseñó y fue como desprenderse del claustro materno, me consideré mayor de edad, pero pasó mucho tiempo, ya tenía veinte años, cuando esa beca a Portugal que le dije. Era algo indispensable saberse poner los chifles, no se podía ir por la vida con el pelo tan liso.

—¿Cómo que no? ¿Y Greta Garbo?

—Bueno, Greta Garbo no iba propiamente por la vida, sino más bien por el éter, ella era la excepción, desafinaba, tanto se salía de regla que no llegó a marcar modelos, ¿quién iba a atreverse a imitar a Greta Garbo?, era tan irreal. Aparte de que sus películas, menos «Ninotska», son bastante anteriores. La que sí empezó a desafiar ya descaradamente a los bucles fue Veronica Lake en «Me casé con una bruja», y también Ingrid Bergman, y aquí en España un poco Ana Mariscal. De todas maneras fueron brechas aisladas, y el desdoro por el pelo liso siguió vigente durante toda la década de los cuarenta. Recuerdo que cuando le dieron el primer premio Nadal a una mujer, lo que más revolucionario me pareció, aparte del tono desesperanzado y nihilista que inauguraba con su novela, fue verla retratada a ella en la portada del libro, con aquellas greñas cortas y lisas. Sentí envidia pero también un conato de esperanza, aunque yo, por entonces, más bien soñaba con ser actriz, estaba en primero de carrera y preparábamos una función sobre entremeses de Cervantes que se representó en el teatro Liceo.

—¿Y siguió poniéndose siempre los chifles?

—Bueno, en el año cincuenta y tres, cuando me casé,

mi madre me aconsejó que me hiciera una permanente ligerita; hasta entonces, por lo menos en Salamanca, la permanente se la hacían, más que nada, las criadas, y les quedaba un pelo áspero, tipo moro, donde no entraba el peine ni a tiros, pero ya vivíamos en Madrid y había salones de belleza y métodos mejores; a mi madre le parecía mal que, una vez casada, me pusiera los chifles por la noche, ya ve usted, acabé cediendo, pero es la primera y la última permanente que me he hecho en mi vida, les juré odio eterno a las peluquerías. Había muchas menos peluquerías en mi infancia y en mi juventud, los peinados, como los guisos y las labores de modistería eran un negocio doméstico y, en cierta manera, personal y secreto. La gente se solía rizar el pelo con tenacillas o con bigudís de hierro de distintas formas, y luego, con el auge del plástico, vinieron los rulos. Pero nada, como los chifles nada, yo todavía me los pongo a veces, no cortan el pelo ni lo queman ni molestan para dormir, como son de papel.

—¿De papel? ¿Y cómo los sujeta?

—Muy fácil, con un nudito en la parte de arriba.

—Pero se caerán.

—No, qué va, quedan muy seguros. Se suele hacer con papel higiénico cortado en trozos; se van separando mechones de pelo y envolviéndolos hacia arriba como si se liaran pitillos, el secreto está en que no se escapen las puntas, en cogerlas bien. Y luego, nada, al llegar al final se juntan los dos extremos del papel y se retuercen, ¿ve un envoltorio de polvorón o de caramelo?, pues queda igual.

Me he quedado con los brazos en el aire y un mechón de pelo enredado en los dedos. El hombre ha seguido, divertido, las evoluciones con que ilustraba mi explicación, tal vez demasiado minuciosa, pero es que tengo tan pocas habilidades manuales, además él me ha dado pie con tanta pregunta. Me sigue mirando el pelo, como si no le interesara cambiar de tema; ¿me irá a pedir que le haga una demostración práctica?

—Bueno — digo con cierta modestia —, yo tardé bastante, ya le he dicho, en aprender a ponérmelos sola, tampoco crea que es tan fácil.

—No, no, ya me hago cargo. ¿Y Carmencita Franco?

—¿Carmencita Franco, qué?

—Que cómo se peinaba.

— ¡Ah!, con melena corta también.

—Ya. ¿Y usted cree que ella no se ponía chifles?

Le miro, me ha dejado dudando, pero supone una duda demasiado turbadora.

—No, no — digo, al cabo, ahuyentándola —, era rizado natural, se diferenciaban bien el rizado natural y el otro.

—¿Y no la envidiaba por otra cosa?

Hay un silencio. Repaso exhaustivamente mi memoria, como cuando iba, de niña, a confesarme.

—No, seguro, por nada más. Al contrario, me daba un poco de pena, si quiere que le diga la verdad. En mi casa, además, no eran franquistas.

Le veo echarse mano al bolsillo y suspiro, arrepentida de haber hecho esa alusión política; seguramente va a sacar bloc y bolígrafo para tomar notas sobre la ideología que presidió mi formación, vaya por Dios, se fastidiaron las divagaciones. Pero lo que saca, de una cajetilla alargada, es un pitillo marrón finito, y se lo lleva a la boca.

—¿Quiere uno? —pregunta luego, tendiéndome la caja—, son portugueses.

Sonrío con alivio, al tiempo de cogerlo. Lo miro.

—¿Portugueses? Ah, sí, los llamaban «charutos»...

—Nos lo podemos fumar en homenaje al chico aquel de Coimbra y a su emancipación, ¿le parece bien?

—Muy bien, más vale tarde que nunca, yo entonces no fumaba, casi ninguna chica de provincias fumaba, no estaba bien visto.

—¿Ni Carmencita Franco?

Me encojo de hombros. Sopla la mecha amarilla del encendedor, me ofrece fuego y luego enciende él. A la primera bocanada se me queda en la lengua un sabor fuerte y picante. ¡Qué gusto! Podemos seguir divagando.

—O sea, que se consideraba más feliz que la niña de Franco —dice.

Tardo unos instantes en contestar. Podría decirle que la felicidad en los años de guerra y postguerra era inconcebible, que vivíamos rodeados de ignorancia y represión, hablarle de aquellos deficientes libros de texto que bloquearon nuestra enseñanza, de los amigos de mis padres que morían fusilados o se exiliaban, de Unamuno, de la censura militar, superponer la amargura de mis opiniones actuales a las otras sensaciones que esta noche estoy recuperando, como un olor inesperado que irrumpiera en oleadas. Casi nunca las apreso así, desligadas, en su puro y libre surgir, más bien las fuerzo a desviarse para que queden enfocadas bajo la luz de una interpretación posterior, que enmascara el recuerdo. Y· nada más fácil que acudir a este recurso de manipulación, tan habitual se ha vuelto en este tipo de coloquios. Pero este hombre no se merece respuestas tópicas.

—La verdad es que yo mi infancia y mi adolescencia las recuerdo, a pesar de todo, como una época muy feliz. El simple hecho de comprar un helado de cinco céntimos, de aquellos que se extendían con un molde plateado entre dos galletas, era una fiesta. Tal vez porque casi nunca nos daban dinero. A lo poco que se tenía, se le sacaba mucho sabor. Recuerdo el placer de chupar el helado despacito, para que durara.

No ha parecido escandalizarle. Se limita a preguntar.

—¿Eran buenos?

—Excelentes, sobre todo los de limón.

No sé si habrá sido la evocación de los helados que, por cierto, siempre saboreaba acordándome de Diana Durbin, o el picor del pitillo marrón, lo cierto es que me noto la boca seca y una sed horrible.

—Perdone, ¿no tiene usted sed?

—Sí, un poco — concede.

No le he ofrecido nada todavía y querría retenerlo, aunque la verdad es que no ha dado muestras de prisa ni ha mirado el reloj una sola vez. Tal vez, incluso, no usa reloj.

—¡Le gusta el té?

—Sí, mucho.

—Es té frío, con limón. Lo hago por las mañanas y lo meto en un termo con trocitos de hielo.

—Es lo que más quita la sed — dice —. Yo también lo hacía en mis tiempos.

—Pues espere un momento. Voy a buscarlo a la cocina.

Me levanto y, cuando empiezo a enfilar el pasillo, oigo su voz a mis espaldas que dice:

—¡Tenga cuidado con las cucarachas!

III. Ven pronto a Cúnigan

Entro en la cocina de buen humor. Doy la luz: la
cucaracha no está. Antes de buscar el termo, me pongo a recoger unos restos de merienda que había sobre la mesa y llevo los platos sucios al fregadero,
luego paso un paño húmedo por el hule a cuadros.
Noto un aliciente que me faltaba hace meses, lo
primero que se necesita es un poco de orden para
que la soledad se haga hospitalaria; mañana mismo
me pongo a revisar papeles y a hacer una limpia de
carpetas. La conversación con este hombre me ha
estimulado y ha refrescado mi viejo tema de los usos
amorosos de postguerra. Hace dos años empecé a
tomar notas para un libro que pensé que podría llevar ese título, un poco el mundo de «Entre visillos»
pero explorado ahora, con mayor distancia, en plan
de ensayo o de memorias, no sé bien, la forma que
podría darle es lo que no se me ha ocurrido todavía;
lo ordené todo por temas: modistas, peluquerías,
canciones, bailes, novelas, costumbres, modismos de
lenguaje, bares, cine, en un cuaderno de tapas verdes y azules, fue a raíz de la muerte de Franco. Por
cierto, ¿dónde estará aquel cuaderno?, me intranqui-
liza la idea de haberlo perdido. Pero no me voy a
dejar obsesionar por eso, ya lo buscaré, ahora tengo
otra cosa mejor que hacer: ofrecerle té a este desconocido para que no decaiga una conversación que
me sienta tan bien. Me dan ganas de llamarlo para
que venga a ver la cocina, por el aliento que me

produc"iría oírle decir que es una habitación acoge-
dora, espiar el reflejo que de estas superficies gas-
tadas y estos tonos oscuros me devolverían sus ojos.
Me horrorizan las cocinas de ahora, asépticas, lujosas
e impersonales, donde nadie se sentaría a conversar,
esos ámbitos presididos por el culto a los quita-hu-
mos, a los tritura-basuras, a los lavaplatos, por la
sonrisa estereotipada del ama de casa, elaborada con
esfuerzo y pericia sobre modelos televisivos, esa mujer a quien la propaganda obliga a hacer una meta
y un triunfo del mero «organizarse bien», incapaz
de relación alguna con los utensilios y máquinas continuamente renovados que manejan sus manos sin
mácula. Pienso en los interiores de Vermeer de Delft:
el encanto del cuadro emana de la simbiosis que el
pintor acertó a captar entre la mujer que lee una
carta o mira por la ventana y los enseres cotidianos
que le sirven de muda compañía, la relación de la
figura humana con esos muebles usados que la rodean
como un recordatorio de su edad infantil. No hay
que tenerle tanto miedo a la huella del tiempo.
He terminado de limpiar el hule de la mesa, alzo los
ojos y me veo reflejada con un gesto esperanzado y
animoso en el espejo de marco antiguo que hay a la
derecha, encima del sofá marrón. La sonrisa se tiñe
de una leve burla al darse cuenta de que llevo una
bayeta en la mano; a decir verdad, la que me está
mirando es una niña de ocho años y luego una chica
de dieciocho, de pie en el gran comedor de casa de
mis abuelos en la calle Mayor de Madrid, resucita
del fondo del espejo — ¿era este mismo espejo? —,
está a punto de levantar un dedo y señalarme: «Anda

que también tú limpiando, vivir para ver». Ya otras veces se me ha aparecido cuando menos lo esperaba, como un fantasma sabio y providencial, a lo largo de veinticuatro años no se ha cansado nunca de velar para ponerme en guardia contra las acechanzas de lo doméstico, y siempre sale del mismo sitio, de aquel comedor solemne, del espejo que había sobre la chimenea. La suelo tranquilizar y acabamos riéndonos juntas. «Gracias, mujer, pero no te preocupes, de verdad, que sigo siendo la de siempre, que en esa retórica no caigo.» Mucho más que en mi casa de Salamanca, ni en la de verano de Galicia, fue en esa de Madrid, cuando veníamos en vacaciones de Semana Santa o Navidad, donde se fraguó mi desobediencia a las leyes del hogar y se incubaron mis primeras rebeldías frente al orden y la limpieza, dos nociones distintas y un solo dios verdadero al que había que rendir culto, entronizado invisiblemente junto a las imágenes de san José y la Virgen del Perpetuo Socorro, por todos los rincones de aquel piso tercero derecha del número catorce de la calle Mayor, convento que regentaba mi abuela con dos criadas antiguas — tía y sobrina — naturales de la provincia de Burgos.

Hace poco he pasado con un amigo por allí delante. Todo está igual: los balcones corridos con aros para las macetas y los hierros divisorios entre las habitaciones; me paré en la acera de enfrente — «aquellos balcones de la derecha, los del tercero» —, le conté a mi amigo que se ponían colgaduras cuando pasaban los desfiles y las procesiones y que se ataba a los barrotes la palma rizada del Domingo de Ramos, recordé cómo se iba quedando luego polvorienta y deslucida, bajé los ojos por la fachada, junto al portal sigue la tienda de pañería, cuando mi padre estudiaba la carrera de Leyes, ese barrio era el más céntrico de Madrid y pasaban los reyes hacia el Palacio de Oriente, ahora ha perdido señorío; me quedé mirando al interior del portal oscuro, imaginando que el ascensor pueden haberlo reformado. Subía por dentro de las barandillas y se le oía chirriar desde todas las habitaciones de la casa, como una carcoma intermitente; solía detenerse de preferencia en la pensión del segundo, «La perla gallega», de donde venía por el patio un rumor de huéspedes jóvenes, que a ratos se asomaban en mangas de camisa; yo levantaba la cabeza de mi libro, atenta al ruido de la puerta de hierro al cerrarse — «otra vez se ha parado en el segundo» —, nada, no venía a nuestro piso, no llamaba al timbre ninguna visita inesperada de las que yo invocaba en sueños, atribuyéndole el rostro de gentes con las que me había tropezado por la calle y a las que sentía portadoras de algún relato insólito, excitante. Escribí varios ejercicios de redacción sobre ese tema de la visita inesperada, y algunos no me quedaron mal del todo; desde entonces he venido asociando la literatura con las brechas en la costumbre. A la casa venían, de tarde en tarde, algunas personas, siempre las mismas, que avisaban antes por teléfono y a las que se esperaba con apagada ceremonia, amistades antiguas de mis padres y abuelos, que nunca contaban nada sorprendente y a quienes había que sonreír si nos preguntaban por los estudios o comentaban que cuánto habíamos crecido.

Se las solía recibir en el comedor, se sentaban en unos butacones de terciopelo verde que había junto a la chimenea, y el tiempo empezaba a rebotar ansioso y prisionero contra las paredes, no hacía ruido, pero yo lo sentía latir desde la gran mesa de tapete felpudo, donde me sentaba, un poco lejos de ellos, porque la habitación era inmensa; no entendía por qué los niños tenían que «salir a las visitas», pero estaba tácitamente convenido así, nos decían que iban a venir los señores de Tal, que tenían muchas ganas de vernos, pero, una vez allí, nada en su actitud me hacía verosímil semejante aserto, me ponía los auriculares negros de galena, radiaban un foxtrot:

> *Un novio le ha salido a Socorrito,*
> *la mar de rebonito,*
> *un joven ideal.*
> *Se ondula, juega al tennis, bebe soda,*
> *y sólo con la Kodak*
> *se gasta un dineral...,*

si me los quitaba, podía comprobar que la conversación junto a la chimenea continuaba discurriendo por unos cauces lánguidos, cuyos fundamentos esenciales eran la salud, la comida y la familia, era como una niebla cayendo, miraba los contornos borrosos de sus figuras y alguna vez les dirigía una sonrisa pálida, parecía de mala educación aislarse tanto, me ponía a dibujar, a recortar señoritas de figurines viejos o a pegar calcomanías con la cabeza inclinada sobre el tapete, me amparaba el desorden de los lápices, sa-

capuntas y tijeras diseminados por la felpa, objetos
que se convertían en amigos a través del uso y de la
libertad, que recobraban su identidad al dejar de
«estar en su sitio»; y la luz verde de la lámpara
se me colaba nuca abajo como una mermelada de
ciruela, mientras llegaba de la cocina o de las alcobas el amortiguado trajín de las dos criadas que co-
nocieron a mi padre de niño y que continuaban desde
entonces limpiando, impertérritas, cazuelas, azulejos,
picaportes y molduras, siempre limpiando. Afuera,
la ciudad bulliciosa invitaba a la aventura, me llamaba, todo mi cuerpo era una antena tensa al trepidar
de los tranvías amarillos, al eco de las bocinas, al
fulgor de los anuncios luminosos alegrando allí, a
pocos pasos, la Puerta del Sol, y me sentía tragada
por una ballena; se me propagaba todo el bostezo
de la casa con su insoportable tictac de relojes y su
relucir inerte de plata y porcelana, templo del orden,
sostenido por invisibles columnas de ropa limpia,
planchada y guardada dentro de las cómodas, ajuar
de cama y mesa, pañitos bordados, camisas almido-
nadas, colchas, entredoses, encajes, vainicas, me daban ganas de empezar a abrir cajones y baúles y sal-
picar de manchas de tinta aquella pesada herencia
de hacendosas bisabuelas, pero seguía sentada, con
la nuca inclinada sobre el tapete y haciendo juiciosos
dibujos: una niña que va por el bosque con su cesta,
una familia cenando, un hombre asomado a la venta-
nilla del tren, una mujer metida en la cama. «Ésa se
entretiene con cualquier cosa — decía mi madre —.
Le gusta mucho estudiar.» «Demasiado — decía la
abuela —, no sé a qué santo tanta cavilación», el

espejo de encima de la chimenea reflejaba mi pelo rizado de chifles, pintaba una cabeza de pelo rizado rodeada de cortinajes, de jarrones, de figuras de escayola, ¿se saldría alguna vez de aquel pasadizo?, ¿dónde estaría Cúnigan?

De Cúnigan, a decir verdad, yo tenía una idea muy imprecisa, los únicos datos sobre aquel lugar, que no llegué a saber nunca siquiera si existía realmente, me los había suministrado una breve canción, que más bien parecía un anuncio, y que había oído sólo una vez o dos por la radio, o no sé si soñé que la había oído, porque los demás se reían cuando me la oían tararear y me preguntaban que de dónde había sacado semejante sonsonete. Decía:

> Ven pronto a Cúnigan,
> si no has estado en Cúnigan,
> lo encontrarás espléndido,
> mágico,
> único,
> magnífico en verdad.
> ¿Dónde vas a merendar?
> Voy a Cúnigan, Cúnigan, Cúnigan.
> Por las noches ¿dónde vas?
> Voy a Cúnigan a bailar.

Evidentemente Cúnigan era un lugar mágico y único, y lo más posible es que de verdad existiera, que se pudiera encontrar, con un poco de suerte, entre el laberinto de calles y letreros que componían el mapa de Madrid: a mí no me importaba carecer de pistas concretas, me bastaba con mis poderes mágicos y únicos, con mi deseo, pero lo grave era la falta de libertad, ese tipo de búsquedas hay que emprenderlas en soledad y corriendo ciertos riesgos; si no me dejaban sola, era inútil intentarlo.

A la calle salía siempre con mis padres para ir cumpliendo en su compañía un programa de actividades que yo no había prefijado, y cuyas etapas tachaba mi padre en su agenda, a medida que se iban cumpliendo. Era un programa establecido ya antes de emprender el viaje, acariciado por ellos en las largas veladas invernales, al calor del brasero, con una ilusión metódica y minuciosa que pretendían hacernos compartir a mí y a mi hermana, a veces con cierto éxito, porque el nombre de la capital, evocado desde la provincia, a la luz de una lámpara, teñía indefectiblemente de prestigio cualquier plan que se hiciera. «Eso, cuando vayamos a Madrid; mejor en Madrid.» Todo se dejaba para comprarlo, verlo o consultarlo en el próximo viaje, que ya faltaba poco, vivíamos de aquella expectativa fraudulenta. A Madrid se venía, en primer lugar, de modistas.

Hasta hace unos veinte años, cuando el auge de las manufacturas en serie empezó a arrinconar a los gremios artesanales, vestirse era un negocio demorado y ameno, atenido a diversos rituales, cuyo ejercicio y aprendizaje ocupaba gran parte del tiempo de las mujeres, y de la conversación que mantenían con sus amigas y sus maridos. En todas las casas había una máquina de coser y siempre se veían figurines por en medio, que alguien estaba consultando, no distraídamente, sino con un interés concienzudo, investigando el intríngulis de aquellos frunces, nesgas, bieses, volantes, pinzas y nidos de abeja que se veían en el dibujo. «Sí, claro, ahí pintado parece todo muy bonito, pero esta tela es demasiado gruesa, no sé cómo quedará.» «Desde luego no es traje para doña Petra, doña Petra te lo escabecharía.» Las modistas se dividían en dos categorías principales: aquéllas de las que se temía que pudieran escabechar un traje y las que nunca lo escabechaban. Naturalmente esta clasificación, como subjetiva que era, dependía del grado de credibilidad que la cliente prestara a quien iba a encargarse de desempeñar la labor y, dado que la «escabechina» de un vestido — aunque se tratase de un juicio absolutamente personal — pasaba a ser tema de público comentario, la pérdida de fe individual en una modista determinada motivaba en seguida la desconfianza hacia ella de otras posibles clientes, enteradas de su fallo; la noticia de la chapuza se propagaba sin piedad, ponía en tela de juicio la regeneración de la culpable, cundían los recelos, y de la suma de estas múltiples quiebras de confianza se derivaba, más tarde o más temprano, una degradación de categoría. Las modistas que tenían fama de haber escabechado trajes en más de una ocasión era difícil que pasaran nunca del rango de costureras. «Bueno, a doña Petra, la pobre, qué le vas a pedir, no es una modista, ya se sabe, es una costurera.» A las costureras, que solían alternar su labor en la propia casa con jornadas malpagadas en domicilios particulares, se les encargaban de preferencia las batas, las faldas de diario, la ropa interior, los uniformes de las criadas y los vestidos de los niños. Algunas, ya entradas en años, «costureras de toda la vida», vivían en pisos bajos y modestos, sin rótulo en la puerta, y solían tener en la alcoba oscura donde nos tomaban las medidas y nos probaban, una cama con almohadones de muchos colores entre los que yacía una muñeca de china con peluca empolvada y zapatitos de raso. Cuando venían a coser a las casas, traían dulces o caramelos para los niños, les contaban historias y les regalaban carretes vacíos y recortes de la labor que iban quedando dispersos por el suelo del cuarto de costura, donde perduraba, al irse ellas, un olor particular. A cambio se las trataba con una mezcla de condescendencia y familiaridad y se les daba una lata infinita, exigiéndoles continuas reformas y rectificaciones. Generalmente tenían tanta paciencia como falta de ambición.

Las modistas propiamente dichas, es decir, las que habían tenido la suerte de afianzarse en su nombre de tales, no venían nunca a las casas, y eran apreciadas a tenor del lujo con que se hubieran montado y de la lentitud con que llevaran a cabo los trabajos. A mí siempre me extrañó el hecho de que su prestigio estuviera en razón inversa con la prontitud en terminarlos y nunca en razón directa. «Es buenísima, pero tarda mucho, hasta después de Navidad no te lo tiene», se solía decir, como una recomendación infalible. Las más renombradas eran, naturalmente, más caras, y además tenían muchos figurines, algunos extranjeros, los consultaban con la cliente en el probador y se permitían sugerir y aconsejar hechuras. Pero la tela la compraba siempre la señora. Modistas que no admitieran telas, en provincias no las había. El título, superior a todos, de modista que pone ella la tela sólo lo ostentaban algunas de Madrid. Vestirse en Madrid, con una modista que tenía telas propias, era el no va más.

La visita a una de estas modistas madrileñas, que se llamaba Lucía, hija de Amalia, y vivía en la calle de Goya, constituía uno de los jalones obligados de nuestra estancia en la capital, ya fuera para encargarle algo concreto o simplemente para ver sus colecciones de primavera-verano o de otoño-invierno. Era una mujer delgada, elegante y de cejas muy finas, que le había hecho a mi madre los vestidos de boda, uno de los cuales, de crepé morado con vueltas de seda gris, he heredado yo y me pongo a veces todavía. Nos recibía con afabilidad, previa petición de hora, nos invitaba a sentarnos en las butaquitas de una antesala llena de espejos ovalados, nos enseñaba los muestrarios de telas, y poco después una hermana suya, que se le parecía bastante, pasaba los modelos para nosotros cuatro. A mí lo que me resultaba más violento de aquella escena del desfile de modelos era la transformación en maniquí mudo y distante de la hermana de Lucía, que pocos minutos antes nos había estado saludando y besando con grandes muestras de afecto. La miraba hacer giros delante de nosotros con aquellas sucesivas capelinas y atuendos vaporosos, empinada en sus altos tacones, detenerse, acercarse para que mi madre apreciara la calidad del tejido, con los ojos en el vacío, como si no nos conociera o realmente se hubiera convertido en un muñeco de cuerda. Cuando terminaba el pase de modelos, y ya nos íbamos a ir, salía a despedirnos a la puerta con su hermana.

Otro de los objetivos fundamentales del viaje a Madrid era asistir a los estrenos de cine o de teatro que no hubieran llegado a provincias.

Ir al teatro era mucho más solemne y excepcional que ir al cine, las películas, de estreno, más tarde o más temprano acababan llegando a Salamanca y eran la misma película, exactamente la misma. Compañías de teatro, en cambio, sólo venían en septiembre, cuando las ferias, y, aunque trajeran en su repertorio algunos éxitos de la temporada madrileña, era completamente distinto, los decorados resultaban mucho más pobres y los actores actuaban con una especie de desgana. A mí ir al teatro era lo que más me gustaba de todo lo que hacíamos en Madrid. Se sacaban las entradas con antelación, y a veces se invitaba a alguna de aquellas familias que mis padres conocían; en este último caso era frecuente que sacáramos una platea. Cuando el acomodador abría con su llave la puerta de aquel recinto, entregaba a mis padres el programa y se hacía a un lado para dejarnos pasar, yo sentía estar ingresando en un privilegiado tabernáculo. Ningún paisaje del mundo, ninguna ceremonia religiosa, ningún desfile podían producirme tanta emoción como la que experimentaba al asomarme al patio de butacas iluminado por grandes arañas de cristal y tomar asiento en aquel balcón con barandillas de terciopelo; ya dentro de él empezaba la función, y los gestos de mi madre, quitándose lentamente los guantes y sacando los prismáticos, me parecían los de una gran actriz. Pero nada comparable al momento en que se apagaban las luces y los susurros y el telón se levantaba para introducirnos en una habitación desconocida, donde unos personajes desconocidos, de los que aún no sabíamos nada, iban a contarnos sus conflictos. Casi siempre estaba ya en escena alguno de ellos, leía el periódico, sentado en un sofá, o miraba en silencio a otro que estaba a punto de dirigirle la palabra. Esos primeros instantes de silencio me ponían un nudo en la garganta, los admiraba por aquellas pausas, por su aplomo para esperar. De mayor quería ser actriz, quería desdoblarme en cientos de vidas. Al volver a casa y escuchar, durante la cena, la conversación de mis padres, aquellos nombres de Loreto Prado, Antonio Vico, Irene López Heredia o Concha Catalá, con que esmaltaban sus comentarios, me sonaban a nombres de dioses.

Aparte de ir al teatro, al cine y a visitar a Lucía, hija de Amalia, también salíamos a tomar el aperitivo en algún local que habían abierto nuevo, a la consulta de algún médico, al Museo del Prado, de compras a los grandes almacenes, a recorrer el Jueves Santo las estaciones donde se exponía el Santísimo Sacramento entre un alarde de velas encendidas, a la Plaza Mayor a comprar musgo para el belén, cuando las Navidades o a devolver alguna de aquellas visitas familiares que, a su vez, devolvían la sensación de encierro. Yo, muchas veces, me quedaba atrás mirando el rótulo de alguna calle que parecía llevar a otro sitio. «¡Vamos, hija!, ¿qué miras?» «Nada, esa calle, ¿por qué no vamos por ahí?»; envidiaba a la gente que se metía por bocacalles desconocidas, tal vez camino de Cúnigan.

La gente en Madrid andaba de otra manera, miraba,

se vestía y hablaba de otra manera, con una especie de desgarro; yo espiaba los rostros cambiantes que, alguna rara vez, se fijaban unos instantes en el mío, sobre todo durante los trayectos en el Metro, dentro del vagón donde no había que pedir excusas por rozarse con otros cuerpos y aspirar su olor, me gustaba el olor de aquella gente desconocida que podía estarse preparando para apearse en la próxima estación, a la que iba a perder de vista irremisiblemente, trataba de descifrar, por la expresión de sus rostros y el corte de sus ropas, a qué oficio se dedicarían o en qué irían pensando, quién sabe si alguno habría entrado en Cúnigan, si me bajara detrás de ellos, podría seguirlos, meterme por una calle que no conocía, averiguar cómo era el portal de la casa adonde dirigían sus pasos, tal vez para acudir a una cita clandestina, sería tan fácil, pero para eso hay que ir sola, nunca podría pasarme nada hasta que no saliera yo sola a la calle. Nos bajábamos en Sol, subíamos las escaleras del Metro, echábamos a andar, la Mallorquina, el cine Pleyel, la Camerana, ya se veía nuestro portal, me juraba no volver a pasar nunca por la calle Mayor en cuanto pudiera salir sola por Madrid.

Hace tiempo que no pasaba por la calle Mayor, se lo dije a mi amigo la otra tarde, allí parados delante de los balcones del número catorce, y luego, cuando echamos a andar nuevamente, sentí que rompía los hilos que me relacionaban con la vieja fachada: de pronto éramos ya una pareja anónima caminando por una calle anónima, me puse a contarle historias de aquel tiempo en que visitaba la capital como asomándome por una puerta trasera, él es más joven, no

recuerda los tranvías amarillos, ni ha oído en su vida
hablar de Cúnigan, ni vio actuar a Celia Gámez. «Si
quisieras escribir algo de esos años — me dijo —
no necesitarías ir a las hemerotecas»; nos metimos por
uno de los arcos que desembocan en la Plaza Mayor,
en la esquina sigue la antigua droguería «El relámpago: lustre para suelos», estaba anocheciendo y me
pareció que había traspuesto una raya, a partir de la
cual el mundo se volvía misterioso, una zona donde
cabía lo imprevisto y las personas atisbadas desde
el balcón eran ya sombra que se pierde. «¿Adónde
irá esa pareja?», y me puse a cantar, de buen humor,
«voy a Cúnigan, Cúnigan, Cúnigan», mientras la decepción ensombrecía los ojos que nos decían adiós
y percibía el frío del cristal contra mi frente, empi-
nándose debajo del visillo recogido.
«Esa niña, ¡qué manía de ponerse a leer con la cara
pegada al balcón! — se quejaba la abuela —. ¿No
ves que dejas la marca de los dedos y de las narices
en el cristal? ¡Dios mío, los cristales recién limpios!
Pero, ¿qué cosa no estaba recién limpia, recién doblada, recién guardada en su sitio? ¿Y por qué no
podía ser el sitio de los objetos aquél en que, a cada
momento, aparecían? ¿Y, sobre todo, por qué cas-
tigarlos con aquella continua y sañuda purga de qui-
tarles el polvo, como se arrancan las costras de una
enfermedad? El polvo se descolgaba en espirales por
los rayos de sol, se posaba silenciosamente sobre los
objetos, era algo tan natural y tan pacífico, yo lo
miraba aterrizar con maligno deleite, me sentía cómplice del enemigo descarado, que con mayor terquedad reduplicaba sus minúsculos batallones cuanto

más asediado se veía por las batidas implacábles. Desde muy temprano, con el primer rayo de luz que traía hasta mi cama una lluvia menuda de motas de polvo, coincidían las diligencias para su captura, las órdenes fanáticas a toque de diana, el despliegue de aparejos escondidos en un cuartito oscuro del pasillo, y en seguida aquel arrastrar, frotar y sacudir de escobas, escobillas, plumero, zorros, cogedor, paño de gamuza, bayeta, cepillo para el lustre. Yo había hecho frente común con el perseguido, le daba secretas consignas y secreto albergue, le abría el embozo de mi cama. «Que vienen, escóndete aquí. Tu venganza es burlarte y renacer en otro sitio, no podrán contigo.» Y cuando entraban a avisarme de que era la hora de desayunarse, ponía cara de sueño, disimulando.

De las dos criadas burgalesas, la más joven y flaca (aunque decir joven resulta absurdo porque nunca tuvo edad) era quien llevaba la superintendencia general de la limpieza, la encargada de entrar a saco en las alcobas, aún con los lechos calientes, abrir ventanas de par en par, sacudir alfombras y recoger escrupulosamente las prendas de ropa dispersas. Mientras tanto su tía, más ampulosa y representativa, llevaba a cabo, al tiempo de servirnos el chocolate, otra de las importantes solemnidades que marcaban el ingreso en un nuevo día y que corría a su exclusivo cargo: consultarnos, antes de arreglarse para ir al mercado, lo que nos apetecería comer y cenar, cuestión que, a aquellas horas y delante de un desayuno copioso, era casi imposible dilucidar con un mínimo de interés. Pero resultaba aún más imposible zafarse de su tenaz encuesta, precedida de la enumeración de las diferentes viandas y respectivas posibilidades de aderezo, sobre las cuales había de versar nuestra elección gastronómica; le parecía ofensivo que la gula no se encendiera con gratitud y alborozo ante aquellas meticulosas descripciones sembradas de diminutivos. Yo soñaba con vivir en una buhardilla donde siempre estuvieran los trajes sin colgar y los libros por el suelo, donde nadie persiguiera a los copos de polvo que viajaban en los rayos de luz, donde sólo se comiera cuando apretara el hambre, sin más ceremonias.

«No te apures, mujer, que en lo fundamental no he cambiado, aquí sólo se atiende a las faenas precisas y la comida se improvisa sobre la marcha, se ofrece lo que buenamente haya, y siempre como aliciente al servicio de la conversación, sin cumplidos y rápido, lo importante es seguir hablando, con los demás o una sola. Pero comprende que también, de vez en cuando, hay que recoger un poco para que el ambiente se siga manteniendo grato, conviene matizar, al desorden no hay que venerarlo tampoco en sí, todos los dogmas son malos. Otro día te contaré lo que pienso ahora sobre esto del orden y el desorden, son veinticuatro años, hija, los que llevo en esta cocina, tú dirás si no he tenido tiempo para darle vueltas al tema ese de lo doméstico, y te digo que el excesivo desorden te aplasta, créeme, puede llegar a quitarme hasta las ganas de vivir, mira si no cómo acaban los drogadictos. Pero claro, tú de esta gente no sabes nada, tú no has pasado de Cúnigan, otro día te lo cuento, ahora ando con un poco de prisa, sólo he venido a buscar el termo del té para que no decaiga una conversación que he dejado pendiente en el cuarto de allá, tengo visita, ¿sabes?, por cierto, una visita inesperada y bastante rara, sí, como las de los ejercicios de redacción, a ti te encantaría.»

El termo está a mis espaldas, sobre el aparador: un aparador grande con molduras negras, que aparece reflejado en el espejo y ocupa toda la pared de enfrente. Ése viene de la rama materna, por ahí afluye Galicia. Estuvo muchos años en Salamanca en el cuarto de atrás, donde aprendí a jugar y a leer, bajo la presidencia de este antepasado de madera de castaño, tan estable y también tan viajero. Antes había sido de don Javier Gaite, que lo compró en Orense por trescientas pesetas, según una factura que su hija María, mi madre, encontró no hace mucho entre otros papeles; los papeles viejos siempre acarrean historias viejas y ella me las cuenta porque sabe que me gustan. A mi abuelo yo no lo conocí, pero en las fotografías se le ve muy buena pinta, con su barbita negra recortada y los ojos inteligentes bajo el sombrero de pajilla. No le gustaba afincarse por largo tiempo en ningún sitio, no sé si me habrá venido de él una pizca de bohemia, aunque moderada; era profesor de geografía y siempre anduvo solicitando traslados, rodando por Institutos de provincias y llevando de acá para allá el aparador, que conoció, por eso, muchas ciudades y muchas casas. Mi madre se acuerda, sobre todo, de una de Cáceres, que es donde más pararon; tenía cantidad de habitaciones y pagaban seis duros de alquiler. Hace poco, hablando con ella de que ahora las viviendas tienen poco misterio y todos los livings parecen el mismo living, salió la conversación de las casas viejas y le pedí que me dibujara un plano de ésa de Cáceres; al principio, le pareció un capricho tonto y empezó a complacerme sin muchas ganas, pero luego, a medida que el dibujo de cada habitación daba pie a errores de encaje, se encandiló y se fue a buscar papel cuadriculado para ver de solventarlos, hasta que al final, estábamos las dos tan interesadas que nos olvidamos de poner la mesa para comer, y yo le dije que los cuentos bonitos siempre hacen perder la noción del tiempo y que, gracias a ellos, nos salvamos del agobio de lo práctico, y ese comentario motivó una tertulia muy sabrosa. Era una casa enorme, con una distribución bastante complicada, llena de patios de luces, pasillos y vericuetos, el comedor lo tenían en la parte del fondo y daba a una galería abierta donde ella solía sentarse a leer, porque en Cáceres hacía muy buen tiempo; si miraba para arriba, veía el cielo de un azul intenso, con cigüeñas planeando sobre los tejados; si miraba para adentro de la casa, veía, a través de la puerta, este aparador. Al comedor aquel también ellos lo llamaban «el cuarto de atrás», así que las dos hemos tenido nuestro cuarto de atrás, me lo imagino también como un desván del cerebro, una especie de recinto secreto lleno de trastos borrosos, separado de las antesalas más limpias y ordenadas de la mente por una cortina que sólo se descorre de vez en cuando; los recuerdos que pueden darnos alguna sorpresa viven agazapados en el cuarto de atrás, siempre salen de allí, y sólo cuando quieren, no sirve hostigarlos.

Mi madre se pasaba las horas muertas en la galería del cuarto de atrás, metiendo tesoros en el baúl de hojalata, y no acierta a entender si el tiempo se le iba deprisa o despacio, ni a decir cómo lo distribuía, sólo sabe que no se aburría nada y que allí leyó «Los tres mosqueteros». Le encantaba, desde pequeña, leer y jugar a juegos de chicos, y hubiera querido estudiar una carrera, como sus dos hermanos varones, pero entonces no era costumbre, ni siquiera se le pasó por la cabeza pedirlo. Me dio a leer, cuando yo hacía bachillerato, una novela que se titulaba «El amor catedrático», la historia de una chica que se atreve a estudiar carrera y acaba enamorándose de su profesor de latín y casándose con él, a mí el final me defraudó un poco, no me quedé muy convencida de que la chica esa hubiera acertado casándose con un hombre mucho más viejo que ella y maniático por añadidura, aparte de que pensé: «para ese viaje no necesitábamos alforjas», tanto ilusionarse con los estudios y desafiar a la sociedad que le impedía a una mujer realizarlos, para luego salir por ahí, en plan *happy end,* que a saber si sería o no tan *happy,* porque aquella chica se tuvo que sentir decepcionada tarde o temprano; además, ¿por qué tenían que acabar todas las novelas cuando se casa la gente?, a mí me gustaba todo el proceso del enamoramiento, los obstáculos, las lágrimas y los malentendidos, los besos a la luz de la luna, pero a partir de la boda, parecía que ya no había nada más que contar, como si la vida se hubiera terminado; pocas novelas o películas se atrevían a ir más allá y a decirnos en qué se convertía aquel amor después de que los novios se juraban ante el altar amor eterno, y eso, la verdad, me daba mala espina. Mi madre no era casamentera, ni me enseñó tampoco nunca a coser ni a guisar, aunque yo la miraba con mucha curiosidad cuando la veía a ella hacerlo, y creo que, de verla, aprendí; en cambio, siempre me alentó en mis estudios, y cuando, después de la guerra, venían mis amigos a casa en época de exámenes, nos entraba la merienda y nos miraba con envidia. «Hasta a coser un botón aprende mejor una persona lista que una tonta» le contestó un día a una señora que había dicho de mí, moviendo la cabeza con reprobación: «Mujer que sabe latín no puede tener buen fin», y la miré con un agradecimiento eterno.

Por aquel tiempo, ya tenía yo el criterio suficiente para entender que el «mal fin» contra el que ponía en guardia aquel refrán aludía a la negra amenaza de quedarse soltera, implícita en todos los quehaceres, enseñanzas y prédicas de la Sección Femenina. La retórica de la postguerra se aplicaba a desprestigiar los conatos de feminismo que tomaron auge en los años de la República y volvía a poner el acento en el heroísmo abnegado de madres y esposas, en la importancia de su silenciosa y oscura labor como pilares del hogar cristiano. Todas las arengas que monitores y camaradas nos lanzaban en aquellos locales inhóspitos, mezcla de hangar y de cine de pueblo, donde cumplí a regañadientes el Servicio Social, cosiendo dobladillos, haciendo gimnasia y jugando al baloncesto, se encaminaban, en definitiva, al mismo objetivo: a que aceptásemos con alegría y orgullo, con una constancia a prueba de desalientos, mediante una conducta sobria que ni la más mínima sombra de maledicencia fuera capaz de enturbiar, nuestra condición de mujeres fuertes, complemento y espejo del varón. Las dos virtudes más importantes eran la laboriosidad y la alegría, y ambas iban indisolublemente mezcladas en aquellos consejos prácticos, que tenían mucho de infalible receta casera. De la misma manera que un bizcocho no podía dejar de esponjar en el horno, si se batían los huevos con la harina y el azúcar en la proporción recomendada, tampoco podía caber duda sobre el fraguado idóneo de aquellos dos elementos — alegría y actividad —, inexcusables para modelar la mujer de una pieza, la esposa española. Carmen de Icaza, portavoz literario de aquellos ideales, había escrito en su más famosa novela «Cristina Guzmán», que todas las chicas casaderas leíamos sentadas a la camilla y muchos soldados llevaban en el macuto: «La vida sonríe a quien le sonríe, no a quien le hace muecas», se trataba de sonreír por precepto, no porque se tuvieran ganas o se dejaran de tener; sus heroínas eran activas y prácticas, se sorbían las lágrimas, afrontaban cualquier calamidad sin una queja, mirando hacia un futuro orlado de nubes rosadas, inasequibles al pernicioso desaliento que sólo puede colarse por las rendijas de la inactividad. En los himnos de corte falangista, se ensalzaba a la enfermera que ríe gozosa después del trabajo, «enfermera de España la nueva, no habrá quien te mueva, al pie del dolor», el dolor era una cucaracha despreciable y ridícula, bastaba con tener limpios todos los rincones de la casa para que huyera avergonzada de su banal existencia, no había que dignarse mirar los bultos inquietantes ni las sombras de la noche. Las mujeres optimistas madrugaban para abrir las ventanas y respirar el aire a pleno pulmón, mientras hacían flexiones de gimnasia, teniendo delante de los ojos, a modo de catecismo ilustrado para guiar sus respectivas posturas, los recuadros que mensualmente les suministraba, por cinco pesetas, la revista «Y», editada por la Sección Femenina; la Y del título venía rematada por una corona alusiva a cierta reina gloriosa, cuyo nombre empezaba por aquella inicial, adivina adivinanza, la fatiga no la alcanza, siempre en danza, desde el Pisuerga al Arlanza, con su caballo y su lanza, no hacía falta tener una particular inteligencia en cuestión de acertijos, la teníamos demasiado conocida, demasiado mentada: era Isabel la Católica. Se nos ponía bajo su advocación, se nos hablaba de su voluntad férrea y de su espíritu de sacrificio, había reprimido la ambición y el despotismo de los nobles, había creado la Santa Hermandad, expulsado a los judíos traicioneros, se había desprendido de sus joyas para financiar la empresa más gloriosa de nuestra historia, y aún había quien la difamara por la fidelidad a sus ideales, quien llamara crueldad a su abnegación. Yo miraba aquel rostro severo, aprisionado por el casquete, que venía en los libros de texto, y lo único que no entendía era lo de la alegría, tal vez es que hubiera salido mal en aquel retrato, pero, desde luego, no daban muchas ganas de tener aquella imagen como espejo, claro que algunas de las monitoras que nos instaban a imitarla también tenían aquel rictus seco en la boca y aquella luz fría en los ojos, aunque hablaran continuamente de la alegría. La alegría era un premio al deber cumplido y se oponía, fundamentalmente, a la duda. Se nos hablaba de la ascensión a las altas cumbres, sobre las que planeaban águilas imperiales y desde donde todo se veía claro; e igualmente, en el consultorio sentimental de la revista «Y» quedaban desterrados, de un plumazo, todos los problemas que pudieran hacer presa en el alma de los seres inadaptados o irresolutos, todos se arreglaban no quedándose mano sobre mano, llenando el tiempo, Isabel la Católica jamás se dio tregua, jamás dudó. Orgullosas de su legado, cumpliríamos nuestra misión de españolas, aprenderíamos a hacer la señal de la cruz sobre la frente de nuestros hijos, a ventilar un cuarto, a aprovechar los recortes de cartulina y de carne, a quitar manchas, tejer bufandas y lavar visillos, a sonreír al esposo cuando llega disgustado, a decirle que tanto monta monta tanto Isabel como Fernando, que la economía doméstica ayuda a salvar la economía nacional y que el ajo es buenísimo para los bronquios, aprenderíamos a poner un vendaje, a decorar una cocina con aire coquetón, a prevenir las grietas del cutis y a preparar con nuestras propias manos la canastilla del bebé destinado a venir al mundo para enorgullecerse de la Reina Católica, defenderla de calumnias y engendrar hijos que, a su vez, la alabaran por los siglos de los siglos.

Bajo el machaconeo de aquella propaganda ñoña y optimista de los años cuarenta, se perfiló mi desconfianza hacia los seres decididos y seguros, crecieron mis ansias de libertad y se afianzó la alianza con el desorden que había firmado secretamente en el piso tercero del número catorce de la calle Mayor. También me puse en guardia contra la idea del noviazgo como premio a mis posibles virtudes prácticas. Por entonces ya iba a bailar al Casino y había desaparecido el cuarto de atrás. Pero desde mucho antes, desde que, sentada en el sofá verde, frente a este aparador, miraba en mi infancia los santos del libro de historia, ni los acontecimientos gloriosos ni los comportamientos ejemplares me parecían de fiar, me desconcertaban los reyes que promovían guerras, los conquistadores y los héroes, recelaba de su gesto altivo cuando ponían el pie en tierra extraña, defendían fortines o enarbolaban cruces y estandartes; me vuelvo hacia el aparador como si pretendiera ponerlo por testigo.

¡Cuántas habitaciones desembocan en ésta, cuántos locales! Querría hablarle al hombre de negro del vehículo narrativo que suponen los muebles, regalarle todas las imágenes que, en este rato, se me han aparecido entre el aparador y el espejo. Y muchas más surgirían si se asomara él aquí y empezara a darme pie con sus preguntas ligeras y quebradas que nada indagan, que son como dibujos de humo por el aire. La puerta está entreabierta, podría llamarlo, pero no vendría a cuento, confianza con él no tengo ninguna, no es confianza lo que ofrece, es algo de signo incluso opuesto a la confianza, inquietante y sugestivo, como una continua incitación a mentir. Me tengo que acordar de contarle lo del cuarto de atrás. Y también lo del libro sobre los usos amorosos de postguerra. ¿Dónde habrá ido a parar aquel cuaderno? Tengo sed.

El termo destaca sobre el mármol del aparador. Lo cojo y lo coloco sobre una bandeja, junto al azucarero, dos vasos, dos cucharillas y dos servilletas. Terminada la breve faena, miró al espejo, sonriendo. Me desplazo del marco, apago la luz, y el aparador invade, solitario, el azogue oscurecido. Salgo al pasillo, sujetando la bandeja con las dos manos. Pesa bastante.

IV. El escondite inglés

Lo primero que me llama la atención, al entrar en el
cuarto —y me inquieta—, es que el hombre ha cambiado de postura. Está sentado junto a la mesa donde
posó el sombrero y no levanta los ojos al sentirme
entrar, embebido en la contemplación de algo. Llego
hasta la mesita que hay delante del sofá, tratando
de quitarle importancia a la alteración que ha sufrido
mi humor. Me molesta que fisguen en mis cosas sin
permiso.

—¿Cree usted en el diablo? —le oigo preguntar a
mis espaldas.

Las manos me tiemblan al depositar la bandeja, la
apoyo en falso sobre el paquete de tabaco, los vasos
se tumban y se derrama el azucarero. El hombre se
acerca para ayudarme y nuestros dedos se rozan.

—Le falló el pulso —dice—. Permítame.

Se me sube la sangre a la cabeza cuando veo la cartulina que trae en la mano: el grabado de Lutero.

—¿Por qué ha entrado en mi dormitorio? —le pregunto desabridamente.

Se echa a reír y mi rabia crece.

—No le veo la gracia.

—Perdone, es que parece una frase de folletín.

Me concentro, airada todavía, en la tarea de recoger
con una cucharilla el azúcar derramado, mientras me
doy, mentalmente, recetas para apaciguarme.

—Yo no he entrado nunca en el dormitorio de una
mujer más que con su consentimiento —dice.

Ha terminado de enderezar los vasos, lleva el grabado a la mesa y lo deposita junto a la máquina.

—A no ser —añade mirándolo— que considere usted el dormitorio de Lutero como su propio dormitorio.

—¡Alguien ha tenido que sacarlo de mi cuarto! —protesto—. Siempre lo he tenido pinchado con chinchetas en la pared de enfrente de mi cama.

El hombre, como un calmoso detective, se inclina para examinar las marcas de las chinchetas bien visibles en las cuatro esquinas del grabado, luego le coloca encima un pisapapeles de cristal dentro del cual se ve una catedral gótica con columnas irisadas. Me acerco. Le llego por el hombro.

—Estaba aquí —asegura—, debajo de este pisapapeles.

La falta de énfasis de sus palabras revela que no se siente obligado a atestiguar una inocencia que, por eso mismo, resplandece más.

—Pues le aseguro que yo no lo he sacado —digo, turbada.

—Tal vez no se acuerde. Tenía debajo este verso escrito a mano. ¿Es una fórmula mágica?

—A ver..., no sé.

En una hoja arrancada de uno de mis cuadernos, veo escrito, con mi caligrafía, el poema que estaba recordando antes, cuando estalló la tormenta:

> *Cabecita, cabecita,*
> *tente en ti, no te resbales*
> *y apareja los puntales*
> *de la paciencia bendita.*

Verás cosas
que toquen en milagrosas:
Dios delante
y San Cristóbal gigante.

—Perdone mi atrevimiento —dice el hombre—, pero me acerqué a mirar si seguía lloviendo y me llamaron la atención el grabado y el conjuro. No pensé que le molestaría.

Una vez concedida esta explicación, y colocados los papeles como asegura que los encontró, parece haber dado por zanjada la cuestión, vuelve a tomar asiento en el sofá y me deja sumida en mis cavilaciones, con los ojos prendidos en las extrañas pistas del enigma.

—Es muy raro, no me acuerdo de cuándo lo he escrito ni de cuándo lo he puesto aquí.

—¿Es suyo ese texto?

—No, lo recoge Cervantes en una de sus novelas ejemplares, pero lo que no entiendo...

No puedo continuar. Acabo de fijarme en el folio que asoma por encima de la máquina y me he quedado paralizada; ahora ya la sorpresa roza casi el terror. La frase que aludía al hombre de la playa ha desaparecido, sustituida por el conjuro que la Gitanilla usaba para preservar el mal de corazón y los vahídos de cabeza. Inicia el folio, copiada entre comillas, y no hay escrito nada más, excepto un número en el ángulo superior derecho, el 79. Pero bueno, estos setenta y nueve folios, ¿de dónde salen?, ¿a qué se refieren? El montón de los que quedaron debajo del sombrero también parece haber engrosado, aunque no me atrevo a comprobarlo.

—Todavía no me ha dicho si cree usted en el diablo.

Miro al hombre, asustada. Está desenrollando el tapón del termo, llena uno de los vasos y me consulta, antes de llenar el otro.

—¿Usted también quería, no?

Su presencia es mi único asidero real en estos momentos, no podría resistir que una nube de humo lo arrebatara de mi campo visual. Más que miedo, debe haber algo implorante en mi mirada.

—¿Qué le pasa? — me pregunta, con el termo en alto.

—Tengo miedo — digo como para mí misma —, me voy a volver loca.

—¿Decía algo?

—No, nada. Perdone... pero, ¿no habrá escrito algo con mi máquina mientras yo estaba en la cocina?

—¿Yo? ¡Qué absurdo!

—No sé, pensaba que tal vez se le habría podido antojar copiar el conjuro, por ejemplo. Si es así, le agradecería...

—Le digo que no, no he tocado la máquina para nada. ¿Quiere un poco de té, verdad?

—Sí, gracias.

—Pues venga a tomarlo. A usted esa mesa le trastorna mucho, por lo que veo.

—Es que son demasiadas cosas raras — digo, apoyándome en su borde, porque noto que las piernas me tiemblan y la cabeza se me va.

Me aferro al texto del conjuro y lo recito mentalmente con fervor. El hombre ha llenado los vasos y parece estar esperándome.

102

—Bueno — dice —, cosas raras pasan a cada momento. El error está en que nos empeñamos en aplicarles la ley de la gravitación universal, o la ley del reloj, o cualquier otra ley de las que acatamos habitualmente sin discusión; se nos hace duro admitir que tengan ellas su propia ley.

—Usted cree que la tienen, ¿verdad?

—¡Claro! ; lo que nos irrita es que se nos escapa, que no la podemos codificar. Vamos a ver, ¿usted no tiene sueños raros?

—¡Huy, ya lo creo! Rarísimos.

—¿Y le pide explicación lógica a las cosas que ve en sueños? ¿Por ejemplo, a que un lugar se convierta en otro, o una persona en otra?

Muevo la cabeza negativamente, que no deje de hablar, sus palabras hipnotizan como las de un cuento. El té se transparenta a través del vaso que eleva lentamente su mano. De pronto, me parece un prestidigitador, puede sacar cualquier cosa de debajo del sombrero.

—Le vale todo lo que ha visto, ¿no?, lo admite con la misma certeza que la visión de este vaso...

—Con la misma certeza, sí, o mayor todavía. Y es una sensación que me dura bastante rato; precisamente lo que me resulta sospechoso es lo que veo tan claro cuando abro los ojos. Echo de menos los bultos de sombra que se han ido.

—¿Lo ve? Pues entonces, ¿de qué sirven esas leyes que parecen regir indiscutiblemente el orden del tiempo?; no hay nada que no esté trastornado por el azar.

Le escucho pensando en Isabel la Católica, en la

falaz versión que, de su conducta, nos ofrecían aquellos libros y discursos, donde no se daba cabida al azar, donde cada paso, viaje o decisión de la reina parecían marcados por un destino superior e inquebrantable.

—Sí, por ejemplo, la historia de España... — empiezo a decir, sin saber por dónde voy a continuar.

Y me quedo en suspenso, querría dejar apuntadas todas las sugerencias que se me agolpan, necesitaría un hilo para enhebrarlas; el libro sobre la postguerra tengo que empezarlo en un momento de iluminación como el de ahora, relacionando el paso de la historia con el ritmo de los sueños, es un panorama tan ancho y tan revuelto, como una habitación donde cada cosa está en su sitio precisamente al haberse salido de su sitio, todo parte de mis primeras perplejidades frente al concepto de historia, allí, en el cuarto de atrás, rodeada de juguetes y libros tirados por el suelo.

—¿La historia de España, qué?

—Nada. Es que ahora, cuando estaba en la cocina...

La última frase la he dicho tan bajo que no debe haberla oído, se esfuma, se lleva las imágenes de mi infancia y de la infancia de mi madre. Ha vuelto a caer la cortina que defiende la puerta del cuarto de atrás. Ya se levantará otra vez cuando quiera. Efectivamente no me ha oído; se lleva el vaso a los labios, da un trago y lo saborea.

—El té está buenísimo — dice —, tiene la proporción justa de limón, ni mucho ni poco.

—Un pariente mío decía que en el amor, como en el agua de limón, hay que quedarse con ganas.

Se echa a reír. Cuando se ríe parece más joven.

—Ya lo creo, quedarse con ganas en el amor... No andaba descaminado su pariente.

También podía arrancar de ahí, eso de quedarse con ganas en el amor era un tema clave de mis apuntes, el miedo a la saciedad.

—¿No tiene sed? ¿O ha estado bebiendo ya en la cocina?

—No. ¿Por qué? ¿Es que he tardado mucho?

—¿Mucho? No, no me ha parecido mucho. Perdone, pero, ¿piensa seguir de pie?

Me señala el vaso y me acerco, atraída por el líquido que se ve al trasluz, sin estar segura de si avanzo con mis propios pies o a hombros de San Cristóbal gigante. Me siento a su lado.

—¿Sabe lo que le digo? Que sí creo en el diablo y en San Cristóbal gigante y en Santa Bárbara bendita, en todos los seres misteriosos, vamos. En Isabel la Católica, no.

—Me alegro — dice —, está usted volviendo a perder el camino.

—¿Qué camino?

—El que creyó encontrar en la segunda parte de «El balneario», el camino de vuelta. ¿Se acuerda del cuento de Pulgarcito?

—Sí, claro, ¿por qué?

—Cuando dejó un reguero de migas de pan para hallar el camino de vuelta, se las comieron los pájaros. A la vez siguiente, ya resabiado, dejó piedrecitas blancas, y así no se extravió, vamos, es lo que creyó Perrault, que no se extraviaba, pero yo no estoy seguro, ¿me comprende?

Sonrío, bebo un sorbo largo de té.

—Más o menos.

—Con eso basta por ahora, tenemos mucha noche por delante.

—¿Para dejar miguitas?

—Eso es. ¿Está bueno el té, verdad? Me voy a servir más, con su permiso.

Sigo las evoluciones de sus manos largas encima de la bandeja. Ahora ya he comprendido claramente que no tiene prisa ni lleva programa ni se esfuerza por agotar temas, todo queda insinuado, esbozado, como en una danza cuyos pasos vamos ensayando juntos, a golpe de improvisación. Tenemos mucha noche por delante, un espacio abierto, plagado de posibilidades. Exactamente así era la expectativa de mis insomnios infantiles, al fin he recuperado, cuando menos lo esperaba, aquella sensación de ingravidez, sólo existe este momento, quieta, no te angusties, basta con mirar la habitación, sin necesidad de hacer tú nada, se irá llenando de sorpresas. Me complazco en la apreciación de las superficies, los colores y los enseres que destacan sobre la bandeja. Ahora él ha sacado del bolsillo una cajita dorada, la abre y me la tiende. Veo dentro unas píldoras minúsculas, como cabezas de alfileres, de colores. Me mantengo a la expectativa, sintiéndome invitada a un juego desconocido. Han llegado mis primos al cuarto de atrás, traen un parchís, yo nunca lo había visto. «¿Quieres jugar?» «Es que no sé.» «No importa, te enseñamos.»

—¿Quiere una?

—Bueno.

—¿La prefiere de algún color determinado?

—Sí, malva.

Hurga en el interior y saca una bolita, la mira al trasluz.

—Es más bien morada — puntualiza —, malva no hay. ¿Le da lo mismo?

—Sí.

Sacaron las fichas de un cajoncito lateral, la tapa se deslizaba metiendo la uña en una muesca, eran verdes, amarillas azules y rojas. «Si te da igual, yo me pido las verdes», dijo Peque; y a mí me daba igual.

—Permítame.

Abro la boca y me la deposita en la lengua, la trago con un poco de té. No sabe a nada. Luego saca una verde y se la toma él.

—Así no pensará que quiero envenenarla. Verá qué bien sientan.

—¿No crean hábito?

Lo peor de los juegos es que se conviertan en hábito. Aquel primer día me encantaron los círculos de colores que se veían a través del cristal y el extraño código mediante el cual avanzaban las fichas a tenor de los números que iba indicando el dado agitado dentro del cubilete. Luego, en cambio, cuando ya aprendí las reglas, jugar al parchís se convirtió en una rutina obligatoria, a medida que las fichas perdían brillo, es una nube gris que se extiende ahora sobre los años de guerra y postguerra, uniformándolos, volviendo imprecisos y opacos sus contornos: los años del parchís.

—¿Hábito? No, son para la memoria.

—¡Ah! ... ¿Avivan la memoria?

107

—Bueno, sí, la avivan, pero también la desordenan, algo muy agradable.

La cajita brilla ahora cerrada junto a los otros objetos de la bandeja. Entiendo que no vale preguntar si tardan mucho o poco en hacer efecto, que todo consiste en esperar sin saber.

—Sígame contando — dice, después de un rato.

—¿Le estaba contando algo?

—Sí, cuando se fue a la cocina; hablaba de los helados de limón.

—Ah, ya, es verdad... ¡Qué buenos eran!

Otra vez aquel sabor en los labios, otra vez Diana Durbin, y los patines por la carretera de Zamora, y la llegada de las vacaciones, los vencejos cruzando como flechas, al anochecer, sobre los tejados de la plaza, el regalo de salir a jugar a la calle, de tener cinco céntimos para comprarse un helado de limón.

—Me parece — digo — que estoy viendo el sitio donde se ponía el heladero, con su carrito, en la plaza donde yo vivía, junto al kiosko de los tebeos. Había un banco largo de piedra rematando la plaza por ese lado, con respaldo de hierro, nos sentábamos allí cuando nos cansábamos de jugar. Al otro extremo, en los primeros días de octubre, se ponía la castañera, con sus mitones de lana. O sea, que por la izquierda hacía su aparición el verano, con el puesto de helados, por la derecha, el invierno avisaba su llegada con aquel olor a castañas que empezaba, un buen día, a salir de la garita, entre remolinos de hojas amarillas; y el tiempo pasaba de un extremo a otro, sin sentir, un año y otro año, a lo largo del banco aquel de piedra, como sobre una aguja de hacer media. Pasaba de una manera tramposa, de puntillas, el tiempo; a veces lo he comparado con el ritmo del escondite inglés, ¿conoce ese juego?

—No. ¿En qué consiste?

—Se pone un niño de espaldas, con un brazo contra la pared, y esconde la cara. Los otros se colocan detrás, a cierta distancia, y van avanzando a pasitos o corriendo, según. El que tiene los ojos tapados dice: «Una, dos y tres, al escondite inglés», también deprisa o despacio, en eso está el engaño, cada vez de una manera, y después de decirlo, se vuelve de repente, por ver si sorprende a los otros en movimiento; al que pilla moviéndose, pierde. Pero casi siempre los ve quietos, se los encuentra un poco más cerca de su espalda, pero quietos, han avanzado sin que se dé cuenta. Jugábamos a tantas cosas en aquella plaza, a los dubles, al pati, a las mecas, al juego mudo, al corro, al monta y cabe, a chepita en alto; también había juegos de estar en casa, claro, de ésos sigue habiendo, pero los de la calle se están yendo a pique, los niños juegan menos en la calle, casi nada, claro que también será por los coches, entonces había muy pocos. En aquella plaza, sólo tenía coche un médico que se llamaba Sandoval, y era un acontecimiento cuando llegaba, nos bajábamos de las bicicletas, las madres se asomaban al balcón con gesto de apuro: « ¡Cuidado, que viene el coche de Sandoval! », y eso que él mismo ya entraba con cuidado, a treinta por hora. Mi padre también tenía coche antes de la guerra, pero se lo requisaron, un Pontiac.

De repente, me he ido de la Plaza de los Bandos, qué bien, me empieza a hacer efecto la píldora. Es de noche y estoy con mi prima Ángeles en la habitación de un hotel de Burgos, nunca había dormido en otra ciudad con una amiga, cuchicheamos las dos muy excitadas, nos parece maravilloso el lujo del cuarto, que comunica con otro donde hay una bañera negra, tenemos la ventana abierta, que entre el frío, es una sensación incomparable de libertad. Mi padre y tío Vicente se alojan en la habitación de al lado, deben seguir hablando del asunto del coche, se han pasado el viaje y la cena con la cara larga y todo el rato a vueltas con lo mismo; hasta cuando se callaban, se les leía en el entrecejo la preocupación. Días antes, papá recibió un comunicado oficial donde decía que su coche, que había servido gloriosamente a la Cruzada, estaba destrozado en Burgos, pero que si acudía a identificarlo, le indemnizarían en algo, era un Pontiac negro último modelo que había comprado poco antes de la guerra, le pidió a mi tío que le acompañara y decidieron llevarnos con ellos, ¡qué ilusión!, hicimos todo el viaje bastante calladas, con cara de circunstancias, atentas a disimular una alegría, que, por eso mismo, se desbordó, rayana en la exaltación, cuando, por fin, nos dejaron solas, no tenía nada que ver con la alegría ante el deber cumplido ni con la que convenía ostentar para dar ejemplo de moral y fortaleza, era una alegría loca, inconveniente y egoísta, se basaba en que nos habían dejado solas, en que se habían desentendido de si apagábamos la luz o no, de si cerrábamos la ventana o no, en que no amenazaban con volver, porque estaban pensando en otra cosa, una alegría que se alimentaba a expensas de su grave disgusto. «No se les oye hablar. ¿Tú

crees que se habrán dormido?» «Seguro, venían muy
cansados.» «No estarás cansada tú.» «¿Yo? ¡Qué
va!, no tengo ni gota de sueño.» Por la ventana
llegaba un eco de botas militares, risas, un himno
lejano:

> Yo tenía un camarada,
> entre todos el mejor,
> siempre juntos caminábamos
> siempre juntos avanzábamos,
> al redoble del tambor...,

nos asomamos, vimos a un falangista que se des-
pedía de una rubia muy pintada, vimos ventanas encendidas, trampas de comercios echadas, faroles, se
detuvo un coche oficial delante del hotel y salieron
dos señores, el chófer les abrió la portezuela, llevaba
boina roja; luego he sabido que, en ese tiempo, andaba por Burgos Dionisio Ridruejo, lo he leído en
un libro que, con motivo de su muerte, se editó el
año pasado, a lo mejor paraba en aquel mismo hotel
y lo venían a ver esos señores. Le propuse a mi prima
salir un poquito a la calle, a lo primero no entendía,
se resistía a creer que era posible, luego dijo que no,
le daba miedo —«Qué sí, mujer, pero ¿por qué no?
si no se enteran» —, la convencí, nos estuvimos arre-
glando sigilosamente delante del espejo del cuarto de
baño, también el lavabo era negro, salimos al pasillo,
debajo de la puerta de ellos no se veía luz, bajamos
de puntillas la escalera alfombrada y solitaria, casi sin
atrevernos a respirar le dejamos la llave de la habitación al conserje en el hall y en el comedor había

111

gente desconocida, puede que luego a algunos los
haya conocido, puede que estuviera Dionisio Ridruejo. «¿Tú crees que el conserje les dirá algo mañana?»
«Seguro que no, no seas tonta, ni nos ha mirado
siquiera» nos habíamos pintado un poco los labios,
para parecer mayores, con una barra de cacao rojo que
tenía ella, se nos notaba poco, pero parecía que toda
la gente nos miraba. Fue un paseo corto, sólo hasta
el Espolón, brillaban las luces sobre el río, andar era
como volar. «Yo, por mí, no me acostaría en toda la
noche, te lo aseguro»; ella, de pronto, se asustó, dijo
que igual cerraban el hotel y que sería terrible, vol-
vimos, le parecía que por aquella calle no habíamos
pasado, que nos íbamos a perder, pero yo me orien-
taba perfectamente, por desgracia estábamos muy
cerca, no había hecho falta dejar piedrecitas blancas:
«Ya está allí, ¿no lo ves?» «La llave la pides tú.»
«Bueno, pero no mires al conserje, ¿eh?, entra como
si nada»; el hotel tenía puerta giratoria, pasé yo
primero, había un matrimonio joven en el mostrador.
«¿La llave del 307, por favor?», me salió voz de
doblaje de película, nos la dio, subimos en el ascensor con aquel matrimonio: «¿A qué piso van ustedes?» «Al tercero»; ellos iban al quinto. «Buenas
noches», y otra vez allí las dos solas, con la puerta
cerrada; nos daba risa que nos hubieran llamado de
usted, igual eran recién casados, juntamos las camas
para comentar en voz baja, oímos dar hasta las dos
en un reloj, nos andaban la risa y el insomnio circu-
lando por dentro del cuerpo como cosquillas, mientras por fuera nos envolvía aquella ciudad que podía
ser Manhattan o Los Ángeles o donde durmiera en

aquellos momentos Diana Durbin, sonriente, ahíta de helados, dulcemente fatigada de tanto patinar.

A la mañana siguiente, bajamos a desayunarnos, con una mezcla de complicidad, inquietud y mala conciencia, nada, el conserje no les había dicho nada, seguían serios, pero era por lo mismo de ayer, por lo del coche, se hablaba únicamente de ir a recoger los restos del coche, como de asistir a una ceremonia que tenía algo de funeral. Salimos del hotel los cuatro, era temprano y había un poco de niebla y carros de basurero, curas, señoras que iban a misa con su mantilla, oficinistas, la ciudad había perdido toda extravagancia. El cementerio de coches estaba en las afueras; era una especie de hangar muy extenso, donde se amontonaban muchos esqueletos de vehículos, carbonizados, agujereados o partidos por la mitad, yaciendo de cualquier manera, en la postura en que habían caído, como en un vertedero. Nos paramos delante de aquel montón de herrumbre, un poco rezagadas, y yo, mientras pasaba un brazo por la espalda de mi prima, pensé — lo recuerdo muy bien — que aquellos coches habían sido nuevos; para verlos como nuevos me bastaba con acudir a mi propia imaginación, acordarme del gesto de disgusto que se había dibujado en el semblante de mis padres ante un pinchazo, un simple descascarillado en las aletas o 'un bache en el asfalto que, si había llovido, podía ocasionar salpicaduras de barro sobre la brillante carrocería. «Es un Pontiac negro», le dijo·mi padre al encargado; tardaron en encontrarlo, porque allí todo estaba equivocado, porque la guerra lo había equivocado todo, nosotras les seguíamos a cierta distancia, sorteando los hierros, los neumáticos y los asientos destripados que poblaban aquel ámbito de chatarra, con esa especie de temor religioso que nos impide pisar las losas de las tumbas; nos precedían acompañados por el encargado del cementerio, un hombre chato, vestido de mono azul, que, desde que llegamos, y previo el intercambio de unos papeles, se había emparejado con ellos, silbando. En el gesto que mi padre había hecho para sacar de la cartera aquel papel que le entregó al hombre, había reconocido yo un ademán suyo profesional y seguro que me tranquilizaba, que me hizo sospechar, en algún tramo de la peregrinación, si todo aquello no sería un sueño, al cabo del cual el Pontiac reaparecería indemne; hubiera sido, desde luego, un remate de peripecias absolutamente acorde con el que tenía vigencia en las novelas rosa; pero, en un determinado momento, todos nos paramos, porque el hombre del mono, tras inspeccionar un montón de hierros retorcidos y consultar su papel, había dejado de silbar y se había parado. «Ahí tiene su coche — le dijo a mi padre —, «seguramente le pueden dar hasta mil pesetas, porque el motor ha quedado aprovechable», y levantó los restos herrumbrosos del capó. La mención a esa cifra, que me pareció muchísimo dinero, me ayudó a escaparme de aquel campo de destrozos a la ciudad, que había atisbado por la noche; la recorrí exaltada y vertiginosamente, ya sin mi prima, que no habría hecho más que poner inconvenientes, yo sola con mil pesetas en el bolsillo, como si las hubiera robado, «creerán que robamos el dinero — decía mi padre, como la suprema ofensa, cuando subían los

114

precios —, yo no sé cómo vive la gente, ¿de dónde sacarán el dinero?», yo lo había sacado de un robo, le había dado esquinazo a mi prima, me perdía por la ciudad, era malísima. Fue una escapatoria fugaz, en seguida me encontré con los ojos de mi padre y aquella apelación a los sueños se convirtió en pecado vergonzoso; estaba inmóvil, frente al cadáver del Pontiac negro último modelo, casi se le habían saltado las lágrimas, y tío Vicente tenía puesta una mano sobre su hombro. Pero lo que más peso de realidad daba a la escena era la presencia del hombre del mono azul. Su indiferencia, a duras penas disimulada, rompía la armonía del cuadro, le excluía por completo de aquel argumento, pero, por otra parte, el hecho de que formara parte tan visible de él, era lo que impedía aventurar la esperanza de que aquello no estuviera realmente pasando. «Bueno, ustedes dirán, si me quieren acompañar a la oficina, me echan una firma, es para el comprobante de que lo han reconocido, porque es el suyo, ¿no?» Resultaba lo más tangible, lo más inesquivable del mundo, con su nariz chata y sus piernas cortas y separadas. «Vamos, hombre, no te quedes de esa manera — dijo tío Vicente —, por lo menos, hemos salvado el pellejo. Acuérdate del pobre Joaquín.» Le miré; unos meses atrás había llegado a casa por la mañana, se abrazó a mi madre y lloraron mucho rato, sentados en el banco del pasillo, la muerte del hermano mayor. Era un banco que se le levantaba la tapa y dentro se metían revistas; en una que se llamaba «Crónica», de cuando la República, venían fotografías de mujeres desnudas que hacía un tal Manassé, tío Joaquín hacía comentarios escabrosos de los que no se deben hacer delante de los niños, era alto, guapo y un poco insolente. Lo fusilaron por socialista. Siempre que venía nos traía regalos, nos regaló el parchís. Pero eso fue antes.

—¿Y por qué ha comparado el paso del tiempo con el juego del escondite inglés? — me pregunta el hombre de negro.

Le miro, sostiene en la mano el vaso de té y contempla el líquido transparente, como si se estuviera mirando en un espejo. Ha sido bonito lo del hotel de Burgos, hacía mucho tiempo que no me acordaba.

—Porque es un poco así, el tiempo transcurre a hurtadillas, disimulando, no le vemos andar. Pero de pronto volvemos la cabeza y encontramos imágenes que se han desplazado a nuestras espaldas, fotos fijas, sin referencia de fecha, como las figuras de los niños del escondite inglés, a los que nunca se pillaba en movimiento. Por eso es tan difícil luego ordenar la memoria, entender lo que estaba antes y lo que estaba después.

Me interrumpo. Lo del hotel de Burgos debió de ser el año 38, necesitaría apuntarlo, se me va a olvidar. Miro hacia la mesa con ganas de levantarme a buscar un papel, y me da la impresión de que el grupo de folios, debajo del sombrero, ha aumentado de grosor. Desvío los ojos, mejor sería en un cuaderno, los papeles se me extravían siempre.

—¡Saber lo que estaba antes y lo que estaba después! Ya salieron las piedrecitas blancas; el desorden en que surgen los recuerdos es su única garantía, no se fíe de las piedrecitas blancas. ¿Buscaba algo?

116

Me he levantado, mientras habla, y me he puesto a hurgar en el cajón de un mueble con espejo que hay a su derecha, cerrando el sofá por esa parte. Creo que aquí debí meter el cuaderno de apuntes sobre la postguerra, claro que lo que más me divertiría ahora sería encontrar la revista «Crónica», aquella donde venían las mujeres desnudas fotografiadas por Manassé.

—Sí, un cuaderno que debe de estar aquí. Nunca me acuerdo dónde pongo las cosas... Salen revistas, fotografías de distintas épocas, una baraja, recibos, carpetas, lo voy dejando todo en el suelo con gestos nerviosos.

—¿Lo necesita ahora para algo?

—Sí, para apuntar lo de Burgos. Es que, hablando con usted, me salen a relucir tantas cosas... y todas revueltas.

A una carpeta color garbanzo, que acabo de coger, se le sueltan las gomas, se abre, y un montón de recortes de prensa se desparrama por el suelo. Me arrodillo a recogerlos, el hombre, a su vez, hace ademán de inclinarse.

—¿La puedo ayudar?

—No, gracias, deje.

Hay una etiqueta pegada a las tapas de la carpeta donde he escrito, en mayúsculas: «Fantômes du passé». Entre los recortes, veo una foto de Conchita Piquer, me detengo en ella: se acerca a los labios entreabiertos una copa de manzanilla y me mira de sesgo, con sus ojos soberbios y amargos. Siempre que abro un cajón me pasa lo mismo, aparece algo distinto de lo que buscaba, y que estuve buscando días atrás. Es un artículo mío, que publiqué en «Triunfo», sobre las coplas de postguerra, me puede dar sugerencias para el libro, cuando me ponga en serio con él.

—¿Qué era lo de Burgos? — pregunta el hombre. Le miro, desde el suelo.

—¿Cómo? ¿Lo del hotel de Burgos?... Nada, esa vez que fuimos a recoger el coche que le requisaron a mi padre. Se lo he contado hace un momento, ¿no?

Se encoge de hombros y pliega los labios en un gesto de incomprensión. Luego mueve lentamente la cabeza de derecha a izquierda.

—¿Cómo que no?

Me siento en el suelo, junto a los papeles desparramados, con una súbita sensación de aislamiento. Hay un silencio.

—No se muerda las uñas — dice el hombre —. ¿Qué ocurrió en Burgos? A usted le dan fugas raras.

—Es horrible lo que me pasa desde que padezco del oído — digo apagadamente —, no diferencio lo que digo en voz alta de lo que pienso para mí. Se lo voy a tener que consultar al médico.

—Pero no entiendo, ¿qué tiene que ver el oído? Supongo que la sordera influirá en lo que dice, no en lo que no dice.

—No, pues no crea, también es una sensación de vértigo interior, que acentúa la confusión de todo. Desde que oigo peor, he perdido la seguridad, voy como a tientas.

Vuelvo a mirar la foto de la Piquer en su etapa gloriosa.

> *Quien va por el mundo a tientas*
> *lleva los rumbos perdíos,*

cantaba.

Parece como si sus labios entreabiertos estuvieran a punto de moverse para entonar la segunda parte de la copla. Siempre tenían segunda parte sus coplas, generalmente un desenlace desgraciado; el oyente, con el corazón alerta, preparaba las lágrimas. La recuerdo de pie, mirando al vacío, hierática y expectante, habitando aquella pausa solemne, como una especie de entreacto que hacía entre el preámbulo y el final de aquellas historias de amor y desgarro.

> *No sé qué mano cristiana*
> *cortó una mañana*
> *mi venda de repente...,*

era una de sus canciones más emocionantes, sobre el asunto de la mujer engañada, pero que no se quiere dar por enterada del engaño, un tema muy de aquellos años, donde imperaban la resignación, el fatalismo y el disimulo, se titulaba «A ciegas», o tal vez «A tientas», no la suelen recoger las nuevas grabaciones que circulan por ahí.

—Quien va por el mundo a tientas, lleva los rumbos perdidos — digo, ensimismada.

Pero esta vez me ha sonado la voz y el hombre ha recogido mi frase.

—Bueno, tampoco se ponga así, no es tan grave perder el rumbo.

Podría aclararle que se trata de un texto de la Pi-

quer, o incluso ponerme simplemente de pie; echarme
por los hombros un chal negro y, sin mediar otra introducción, apoyarme en la pared y cantarle la copla,
que ahora se me viene a la memoria palabra por palabra, y a la garganta, y a los lagrimales, pero me
limito a encogerme de hombros y a una pequeña tor-
sión del cuerpo, mediante la cual la espalda me queda
descansando contra el borde del sofá, cerca de sus
piernas estiradas. Ha dejado de llover, pero hace
mucho aire.

—¿Qué pasa? ¿Ya no busca el cuaderno?

—No, da igual — digo con voz de víctima.

A través de la puerta de cristales, veo la silueta de
una toalla tendida, agitándose a impulsos del viento
y golpeando contra la barandilla de la terraza. Debe
estar empapada, como toda la ropa que colgué por
la tarde, pero da igual, todo da igual. Estoy lejos,
en una isla, aislamiento viene de isla, era una sensación peligrosa, prohibida por las mujeres de la Sección Femenina, cuando se fomenta conduce al victi-
mismo: hay un morbo irracional en ese vago deleite
de sentirse incomprendido, que no se apoya en argumento alguno ni se dirige contra nadie, que encenaga
al individuo en la mera autocompasión placentera. Es
encastillarse, poner un énfasis de grandiosidad en la
imagen literaria de retirar los puentes levadizos.

—Pero, vamos, mujer, no se aflija. Me lo cuenta
ahora eso del hotel de Burgos, y en paz.

—Da igual, no tiene importancia. Era un recuerdo
de la guerra, pero ya se ha desvanecido.

Por delante de mis ojos, veo aparecer una de las
manos del desconocido, tendiéndome un bolígrafo y

una libreta pequeña. No lo esperaba y me sobrecojo ligeramente.

—¿Qué es esto?

—Nada, por si quiere apuntar lo de Burgos, ¿no quería apuntarlo?

—Ah, sí, gracias. Aunque realmente ya...

Cojo los objetos que me alarga. El bolígrafo es más bien un lapicero antiguo de esmalte verde, lo miro desorientada, no tiene punta visible, para que aparezca hay que darle vueltas a una ruedecita dorada que lleva en la parte inferior; me lo indica el hombre, al percatarse de mi torpeza, sin palabras, limitándose a guiar, desde atrás, mis dedos con la yema de los suyos, inclinado hacia mí justo el tiempo preciso para lograr su intento y nada más, tras lo cual ha debido retirarse a su posición, porque las piernas, ante mis ojos, vuelven a estirarse. Yo pliego las rodillas en ángulo, apoyo la libreta contra ellas y me quedo mirando la toalla mojada, sin saber qué poner. Pero, por otra parte, no poner nada sería una descortesía. Al fin escribo desganadamente, con letra grande: «Cementerio de coches. Burgos. ¿1938?», arranco despacio la hoja cuadriculada y la dejo en el suelo, sobre los recortes de prensa dispersos, consciente de la futilidad de mi gesto y del incierto porvenir que aguarda a este papel perdido entre papeles.

—Es como en los sueños — digo —, siempre igual.

—¿Siempre igual, qué?

—Siempre el mismo afán de apuntar cosas que parecen urgentes, siempre garabateando palabras sueltas en papeles sueltos, en cuadernos, y total para qué, en cuanto veo mi letra escrita, las cosas a que se refiere

121

el texto se convierten en mariposas disecadas que antes estaban volando al sol. Es precisamente lo que me pasa cuando me despierto de un sueño: lo que acabo de ver lo abarco como un mensaje fundamental, nadie podría convencerme, en esos instantes, de que existe una clave más importante para entender el mundo de la que el sueño, por disparatado que sea, me acaba de sugerir, pero es moverme a buscar un lápiz y se acabó, ya nada coincide ni se mantiene, se ha roto el hilo que enhebraba las cuentas del collar. Y sin embargo, no escarmiento, por todas partes me sale al encuentro la huella de esos conatos inútiles, vivo rodeada de papeles sueltos donde he pretendido en vano cazar fantasmas y retener recados importantes, me agarro al lápiz ya por pura inercia, ¿comprende?, sé que es un vicio estúpido, pero me tranquiliza los nervios.

El hombre, a mis espaldas, guarda silencio, no se sabe si está siquiera. Me vuelvo hacia él y le doy el lapicero verde y la libreta cuadriculada.

—Gracias. Y perdone.

Se los mete en el bolsillo de la chaqueta.

—¿Qué tengo que perdonarle?

—Mis fugas.

Tal vez ahora lo indicado fuera arrodillarse a sus pies y bajar la cabeza, esperando la penitencia. Las fugas siempre merecían severo castigo.

—Me gustan mucho sus fugas — dice sonriendo con una dulzura turbadora —. Por mí fúguese todo lo que quiera, lo hace muy bien.

Busco algún asidero para quitarle intensidad al silencio que se sucede, y lo encuentro al toparse mis ojos con la cajita de oro que reluce en la bandeja. Adelanto el cuerpo, procurando dar naturalidad a mi gesto de señalarla con la barbilla, mientras alcanzo el vaso de té mediado.

—Seguramente — digo — será el efecto de las pastillas.

Y mi tono, por haber querido ser frívolo, me suena artificial, a réplica de comedia mala. En esos vislumbres de autocrítica no cabe equivocación. La respuesta inmediata del hombre me lo confirma.

—No se esté defendiendo siempre, habíamos quedado en que no vale defenderse. Usted es una fugada nata, y además lo sabe, no se escude ahora en las pastillas, por favor,

Debía volverme y mirarle a la cara, pero siento que no puedo, que me ruborizaría.

—¿Yo una fugada? Eso sí que tiene gracia, nunca me habían dicho cosa semejante.

—¿Está segura?

No sé qué hacer con el vaso, me estorba en la mano, pero en casos así, mejor no moverse, aguantar.

—Me parece que no.

—No se lo habrán dicho, pero es evidente. Y además no tiene nada de malo, lo único malo, vamos, malo para usted, es que se pretenda justificar.

Dejo el vaso en el suelo, me abrazo las rodillas y me quedo quieta y absorta, bajo el sortilegio de su extravagante absolución, me ha dicho que soy una fugada, me lo ha dicho sin reproche alguno, ¿por qué, si me halaga, tiene al mismo tiempo que inquietarme? El recelo me llega de muy atrás, de los años del cuarto de atrás, de los periódicos, de los púlpitos

y los confesonarios, del cuchicheo indignado de las
señoras que me miran pasar con mis amigos camino
del río, a través de visillos levantados, ninguno es
mi novio, ni siquiera es mi novio, pero cantan y se
ríen y me cogen de la mano, vamos por callejuelas,
entramos en tabernas, alquilamos una barca para re-
mar por el río Tormes que acaba de deshelarse, hay
un sol de primavera temprana. «Ha salido muy suel-
ta.» «Anda por ahí como bandera desplegada»; pero
no, eso no va conmigo, eso era antes, la guerra y la
postguerra se me confunden, eso lo decían de las chicas que se iban solas, al anochecer, a pasear con soldados italianos al Campo de San Francisco y llegaban
tarde a cenar, con las mejillas arreboladas y un collar
nuevo, la guerra no dejaba títere con cabeza, derri-
baba las demarcaciones de la decencia y de la honra-
dez, a río revuelto ganancia de pescadores, el dinero
ya no se conseguía honradamente, «es un negocio
sucio», «yo a ése no lo veo claro», la gente sólo quería salvarse, divertirse, sobrevivir, era una locura que
se propagaba también a las mujeres, dinero, dinero,
¿de dónde sacarían el dinero?, eran comentarios sin-
copados, que yo oía, sin entenderlos del todo, y que
rumiaba en el cuarto de atrás. «¿Ésa?, ¿que de dónde sacará el dinero? Ésa es una fresca.» Me parecía
horrible que alguien pudiera llegar a decir alguna vez
de mí que era una fresca, hoy la frescura es sinónimo
de naturalidad, se exhibe para garantizar la falta de
prejuicios y de represión, sobre la mujer reprimida
pesa un sarcasmo equivalente a la antigua condena de
la mujer fresca, la frescura era un atributo tentador
y ambiguo de libertad, igual que su pariente la locura.

«¿Ésa? Ésa es una loca»; y sobre todos aquellos comportamientos anómalos y desafiantes imperaba una estricta ley de fugas: las locas, las frescas y las ligeras de cascos andaban bordeando la frontera de la transgresión, y el alto se les daba irrevocablemente con la fuga. «Ha dado la campanada; se ha fugado.» Ahí ya no existían paliativos para la condena, era un baldón que casi no se podía mencionar, una deshonra que se proclamaba gesticulando en voz baja, como en las escenas de cine mudo; a los niños nos tocaba interpretar las particularidades de aquel texto ominoso a través de los gestos, pero las líneas generales se atenían a una dicotomía de sobra comprensible: quedarse, conformarse y aguantar era lo bueno; salir, escapar y fugarse era lo malo. Y sin embargo, también lo heroico, porque don Quijote y Cristo y Santa Teresa se habían fugado, habían abandonado casa y familia, ahí estaba la contradicción, nos contestaban que ellos lo hicieron en nombre de un alto ideal y que era la suya una locura noble, contra esos vagos términos del alto ideal y la locura noble acababan viniéndose siempre a estrellarse las tímidas preguntas del niño, acrecentando su curiosidad, convirtiéndola en zozobra clandestina. Yo pensaba que también podía ser heroico escaparse por gusto, sin más, por amor a la libertad y a la alegría — no a la alegría impuesta oficial y mesurada, sino a la carcajada y a la canción que brotan de una fuente cuyas aguas nadie canaliza —, lo pensaba a solas y a escondidas y suponía una furtiva tentación imaginar cómo se transformarían, libres del alcance de las miradas ajenas, las voces, los rostros y los cuerpos de aquellos enamora-

125

dos audaces que habían provocado, con su fuga, la condena unánime de toda la sociedad, los imaginaba en mis sueños y admiraba su valor, aunque no me atrevía a confesárselo a nadie. Como tampoco me atrevería nunca a fugarme a la luz del sol, lo sabía, me escaparía por los vericuetos secretos y sombríos de la imaginación, por la espiral de los sueños, por dentro, sin armar escándalo ni derribar paredes, lo sabía, cada cual ha nacido para una cosa.

Miro a la pared de enfrente. «El mundo al revés»: se me quedan los ojos amparados en el cuadrito de las aleluyas, los personajes que aparecen en los rectángulos amarillos ofician una ceremonia sagrada, yo también estoy ahí, yo también intervengo en la representación de esa historia. Fugarse sin salir, más difícil todavía, un empeño de locos, contrario a las leyes de la gravedad y de lo tangible, el mundo al revés, sí. Más al revés que la oveja con sombrero y que el sol por la tierra y los peces por el aire que miro yo pintados ahí enfrente, más absurdo todavía es lo que podrían estar viendo ellos, si tuvieran ojos para mirar: el juez ha descubierto al fugado, lo ha absuelto y le ha amonestado para que se siga fugando siempre que quiera, es como para echarse a reír a carcajadas, los desafío a todos esos santos en absurdo.

El hombre se inclina hacia mí y me coge por un codo.

—Perdone, ¿no estaría mejor sentada aquí?, ¿o es que va a seguir buscando el cuaderno?

—¿Qué cuaderno?... Ah, no, no.

—Pues entonces, no se fugue sola, me gusta más que lo haga en voz alta.

126

Le dejo que me ayude a incorporarme, me siento a su lado, le sonrío.

—O, por lo menos, si se fuga sola, cuénteme luego lo que ha visto. ¿Por dónde ha andado ahora viajando? ¿Otra vez por Burgos?

—No, he dado un paseo por el Tormes, en barca.

—¿Sola?

—Con unos amigos de primero de carrera.

—¿Se estaba bien?

—Hacía un poco de frío, el río se acababa de deshelar, aunque de eso no estoy segura, creo que me equivoco, los fríos mayores fueron cuando la guerra, en los años cuarenta yo juraría que el Tormes ya no se helaba, se lo tengo que preguntar a mi hermana, que ella se acordará. Ha sido un paseo corto, creo que también me han criticado unas señoras que me miraban desde su balcón, pero no sé, posiblemente no era a mí, se me han montado varias imágenes. Yo es que la guerra y la postguerra las recuerdo siempre confundidas. Por eso me resulta difícil escribir el libro.

—¿Qué libro?

—¿No se lo he dicho?

—No, pero no se empiece a preocupar por eso ahora, a lo mejor me lo ha dicho y no lo he oído. Repítamelo, si es tan amable.

—Un libro que tengo en la cabeza sobre las costumbres y los amores de esa época.

—¿La época de los helados de limón?

—Sí, y del parchís, y de Carmencita Franco. Precisamente el libro se me ocurrió la mañana que enterraron a su padre, cuando la vi a ella en la televisión.

—¿Y qué ha sido de ese proyecto?

—Se me enfrió, me lo enfriaron las memorias ajenas. Desde la muerte de Franco habrá notado cómo proliferan los libros de memorias, ya es una peste, en el fondo, eso es lo que me ha venido desanimando, pensar que, si a mí me aburren las memorias de los demás, por qué no le van a aburrir a los demás las mías.

—No lo escriba en plan de libro de memorias.

—Ya, ahí está la cuestión, estoy esperando a ver si se me ocurre una forma divertida de enhebrar los recuerdos.

—O de desenhebrarlos.

—Bueno, sí, claro, o de desenhebrarlos. Me tendrá que dejar la cajita de las píldoras.

—Es suya. Se la pensaba dejar.

—Por favor, si se lo he dicho en broma.

—Usted puede, pero yo no. Desde que salí de casa, traía la intención de regalársela.

—¿De veras? ¿Pero por qué?

—Porque sí, ya ve, para que la guarde como si fuera un amuleto.

Brilla sobre la bandeja, la cojo y empiezo a acariciarla, dándole vueltas entre los dedos.

—Gracias. Ahora sí que voy a escribir el libro.

En seguida de decirlo, pienso que eso mismo le prometí a Todorov en enero. Claro que entonces se trataba de una novela fantástica. Se me acaba de ocurrir una idea. ¿Y si mezclara las dos promesas en una?

—Hábleme del libro, ¿quiere?

—No es que no quiera, es que no sé por dónde empezar, tengo tanto lío con ese libro..., bueno, no es un libro todavía, qué más quisiera...

128

—Si ya fuera un libro no nos estaríamos divirtiendo tanto esta noche, las cosas sólo valen mientras se están haciendo, ¿no cree?

—Es verdad, en cuanto acabamos con una, hay que inventar otra.

—Pues entonces mejor que dure... a ver, cuénteme cómo se le ocurrió el libro.

—Nos vamos a desviar mucho.

—¿De qué?

—Del asunto del libro.

—Y qué más da, a alguna parte iremos a parar; al fin, perdernos ya nos hemos perdido hace mucho rato. ¿O usted no?

—Sí, sí, ya lo creo.

—Además contar cómo se le ha ocurrido ya es como empezar a escribirlo, aunque nunca lo escriba, que eso, ¡qué más da!

—Sí. Lo que pasa es que se lo tendría que contar bien, si no, no vale la pena.

—¿Y quién le pide que me lo cuente mal? No tendrá prisa, supongo.

—Yo no, ¿y usted?

—Tampoco. Así que adelante. Estamos en la mañana del entierro de Franco, ¿no?

Se ha retrepado en el sofá y mira hacia la terraza con un gesto reconcentrado y voluptuoso, como si adivinara que empieza lo mejor del relato. Vuelvo a echar de menos, fugazmente, una chimenea ahí en la esquina, con sus llamas rojas y azules; los buenos cuentos surgen siempre (al menos en nuestra imaginación) al calor de las llamas de una chimenea.

—Bueno, para que entienda lo que sentí esa mañana,

tengo que retroceder bastante, a Salamanca otra vez.

—Retroceda lo que haga falta

—Antes de Franco, mis nociones de lo que pudiera estar pasando en el país eran confusas; yo nací en plena Dictadura de Primo de Rivera, el 8 de diciembre de 1925, el mismo día que murieron Pablo Iglesias y Antonio Maura..., bueno, esto es una coincidencia que no significa nada.

—¿Y usted qué sabe? Algo significará.

—No sé. Bueno, lo que quiero decir es que a mí, hasta los nueve años, la política me parecía un enredo incomprensible y lejano, que no tenía por qué afectarme, un juego para entretenerse las personas mayores. Pero notaba que se divertían con aquel juego; discutían sus incidencias con calor y naturalidad, en voz alta, y no daba la impresión de monótono sino de variado, siempre estaban apareciendo cromos con personajes nuevos, y cada jugador proclamaba sus preferencias por uno determinado, igual que los niños podíamos preferir Shirley Temple a Laurel y Hardy, el «Jeromín» al «T.B.O.» o el juego del parchís al de la oca. Recuerdo que una vez, después de proclamarse la República, mi tío Joaquín, que se había afiliado al Partido Socialista, vino de Madrid con un trabalenguas muy gracioso que había aprendido allí, una especie de jeroglífico para iniciados y que se refería, según he entendido luego, al estudiar la historia de esa época, a ciertos negocios sucios que desprestigiaron a Lerroux y a otros políticos, en relación con el auge de una timba recién importada, que se llamaba el estraperlo; mis padres se rieron a carcajadas con aquel acertijo, y yo, que tenía muy buena

memoria para retener las poesías y las canciones, me
lo aprendí en seguida y lo recitaba de carretilla ante
la complacencia general, decía: «El estraperlo es una
especie de ruleta que tiene dos colores: *le blanc* y
le rouge. Si tiras al azar, sale una bolita que hace
«pich y pon». Si no aciertas tu número s'han perdido
los dineros. Si aciertas dices: Venzo, y puedes irte,
galante, a comer de baldivia, y nadie podrá decir: «ése
derrocha el dinero». La gracia estaba, claro, en que
dentro del texto aparecían, levemente camuflados, los
nombres de Leblanc, Lerroux, Salazar, Pich y Pon,
Samper, Benzo, Galante, Valdivia y Rocha, me lo
explicó mi tío, que nunca dejaba insatisfecha la curiosidad de los niños: «Son políticos de Madrid,
¿comprendes?», y yo me reafirmé en mi noción de
que la política era un juego de combinaciones azaro-
sas, como los solitarios, un acertijo inocuo. Pero ya,
en cambio, después de la guerra, el estraperlo, a pesar de haber tomado ese mismo nombre, nadie lo
relacionaba ya con el juego de la ruleta, sino con el
mercado negro, se había convertido en algo agobiante
y sórdido, no se podía bromear con aquel contraban-
do, clandestinamente admitido, que encarecía y difi-
cultaba la posibilidad de conseguir arroz, aceite, carbón y patatas, era un nombre que ensombrecía el
rostro de los adultos cuando lo pronunciaban y que
para mí va unido a otras expresiones igualmente re-
petidas y cenicientas: Fiscalía de Tasas, cartilla de
racionamiento, Comisaría de Abastecimientos y Trans-
portes, instituciones vinculadas con la necesidad de
subsistir, con el castigo y la escasez, vivero de pape-

leos y problemas que a nadie podían divertir... Pero me estoy yendo por los cerros de Úbeda, perdone.

En los labios del hombre vaga una sonrisa ausente, me mira con cierta impaciencia.

—No baje de los cerros de Úbeda, qué querencia tiene a andar por lo llano.

—Lo que le quería decir es que yo, antes de la guerra, cuando oía hablar de Azaña, de Gil Robles, de Lerroux o del rey Alfonso XIII, que estaba en el exilio, o cuando los veía retratados en los periódicos, me parecían tan fantásticos como Wifredo el Velloso o la sota de bastos, personajes de una baraja con la que se podían hacer libremente toda clase de combinaciones, no me creía que existieran de verdad ni mandaran en nadie, y mucho menos consideraba que pudieran tener que ver conmigo o me pudieran prohibir algo, ya fuera comer chocolate o contarles a mis amigos de la calle que tenía un tío socialista, la gente hablaba de lo que le daba la gana, jugaba a lo que le daba la gana, vamos es como lo veía yo. Así que, desde ese punto de vista, Franco es el primer gobernante que yo he sentido en mi vida como tal, porque desde el principio se notó que era unigénito, indiscutible y omnipresente, que había conseguido infiltrarse en todas las casas, escuelas, cines y cafés, allanar la sorpresa y la variedad, despertar un temor religioso y uniforme, amortiguar las conversaciones y las risas para que ninguna se oyera más alta que otra. Hágase cargo de que yo tenía nueve años cuando empecé a verlo impreso en los periódicos y por las paredes, sonriendo con aquel gorrito militar de borla, y luego en las aulas del Instituto y en el NO-DO y en los sellos; y fueron pasando los años y siempre su efigie y sólo su efigie, los demás eran satélites, reinaba de modo absoluto, si estaba enfermo nadie lo sabía, parecía que la enfermedad y la muerte jamás podrían alcanzarlo. Así que cuando murió, me pasó lo que a mucha gente, que no me lo creía. Hubo quien hizo muchas alharacas y celebraciones, también habría quien llorase, no le digo que no, yo simplemente me quedé de piedra, se me vinieron encima los años de su reinado, los sentí como un bloque homogéneo, como una cordillera marrón de las que venían dibujadas en los mapas de geografía física, sólo podía darme cuenta de eso que le he dicho antes, de que no soy capaz de discernir el paso del tiempo a lo largo de ese período, ni diferenciar la guerra de la postguerra, pensé que Franco había paralizado el tiempo, y precisamente el día que iban a enterrarlo me desperté pensando eso con una particular intensidad; y me acordé de que habían dicho que iban a televisar el entierro. Yo no tengo televisión ni la veo casi nunca, pero ese día hice una excepción y bajé con mi hija y una amiga suya a un bar que hay debajo de casa, es un bar de tránsito donde suele haber mucho barullo, con olor permanente a calamares fritos, y con televisión, claro.

—Sí — dice el hombre —, lo malo es que la tiene encima del teléfono y no hay quien oiga nada; es desde donde la estuve llamando antes.

Me extraña que diga «antes» y no el mes pasado o el año pasado, me resulta trabajoso sacar la cuenta del tiempo que lleva sentado, aquí.

—Sí, claro, ése mismo, el Bar Perú. Aquella mañana

estaba abarrotado, y me daba cuenta, mientras miraba las imágenes del cortejo que se dirigía al Valle de los Caídos, que a cada momento aumentaba el rumor de las conversaciones y el afluir de gente; había caras conocidas del barrio, el frutero de abajo, una señora que vende lotería, varios porteros de esta acera, médicos del Seguro de Enfermedad. Se trabó una discusión entre el camarero y varios clientes, a través de la barra, sobre si había sido o no una chaladura el hecho de que miles de madrileños se hubieran pasado tres días y tres noches consecutivos haciendo cola para ver unos instantes el cadáver expuesto al público: «Es que una cosa como ésa — dijo uno — si no se ve, no se cree», y otras personas aportaron espontáneamente sus pareceres, tal vez porque sentían que en aquel entierro a todos les daban vela. La opinión de muchos era la de que por una persona que había regido durante tan largo tiempo los destinos de la patria era lo menos que se podía hacer, otros se lo discutían, pero era una polémica libre y relajada, parecía como si las palabras «regir», «destino» y «patria» se quitasen el uniforme oficial y apareciesen en cueros sobre una mesa de disección para dejarse hacer la autopsia. También se hicieron, claro, alusiones a lo que Franco había tardado en morirse, algunos lo comentaban con un asomo de conmiseración, pero la mayoría con humor macabro y desgarrado, sacando a relucir la barroca terminología de los partes difundidos para describir aquella dolencia que a Franco, por muy jefe sempiterno que pareciera, había acabado encaminándole hacia la tumba maciza que le esperaba y cuya losa se mostraba allí en el televisor junto al hoyo vacío. Pero el proceso sofocante y casi abyecto de esa enfermedad, que tuvo visos de maldición bíblica y que, semanas atrás, nos tuvo a todos pendientes de la radio, tendía ya a pasar a la trastienda de los comentarios, porque la gente en Madrid se acomoda al presente con particular rapidez... En fin, no le estaré aburriendo con tanto rodeo.

—No, sólo me aburre cuando se para.

—Es que voy a beber un poco de té.

Dejo sobre la bandeja la cajita de oro, que hasta ahora había estado acariciando, me agacho a coger del suelo el vaso de té y lo apuro de un sorbo. Ha dejado un círculo en la foto de Conchita Piquer, exactamente sobre su copa de manzanilla. Ahora lo pongo vacío encima de la mesa. El hombre está pendiente de todos los ademanes que jalonan la tregua.

—Bueno, ya llegamos a lo del libro. Se acordará usted de que a Franco lo enterraron un veintitrés de noviembre.

—Sí, me acuerdo, pero eso qué tiene que ver.

—Espere, sí tiene que ver, a veces las piedrecitas blancas no sólo sirven para marcar el camino, sino para hacernos retroceder, se pueden combinar de un modo mágico. Yo estaba allí, mirando la televisión, aturdida con el ruido del bar, pero no había ocurrido aún nada que me sacara de aquel local, propiamente hablando, hasta que el *speaker* dijo, de repente: «—...en esta mañana soleada, del veintitrés de noviembre», y ahí empezó a transformarse todo, con la mención a esa fecha, por ella me fugué hacia atrás, a los orígenes.

—¿A qué orígenes?

—A los míos propios. Me di cuenta de que faltaban exactamente quince días para mi cincuenta cumpleaños, justos, porque yo nací también a mediodía y en una mañana de mucho sol, me lo ha contado mi madre. Pero tuvo algo de fuga histórica, por otro lado, fue una doble fuga, me acordé de que las muertes de Antonio Maura y de Pablo Iglesias habían coincidido con mi nacimiento, y caí en la cuenta de que estaba a punto de cerrarse un ciclo de cincuenta años; de que, entre aquellos entierros que no vi y este que estaba viendo, se había desarrollado mi vida entera, la sentí enmarcada por ese círculo que giraba en torno mío, teniendo por polos dos mañanas de sol. Y cuando estaba pensando esto y mirando ya el televisor de otra manera, como si fuera una bola de cristal de donde pueden surgir agüeros y signos imprevistos, vi que la comitiva fúnebre llegaba al Valle de los Caídos y que aparecía en pantalla Carmencita Franco. Esa imagen significó el aglutinante fundamental: fue verla caminando despacio, enlutada y con ese gesto amargo y vacío que se le ha puesto hace años, encubierto a duras penas por su sonrisa oficial, y se me vino a las mientes con toda claridad aquella otra mañana que la vi en Salamanca con sus calcetines de perlé y sus zapatitos negros, a la salida de la Catedral. «No se la reconoce — pensé —, pero es aquella niña, tampoco ella me reconocería, hemos crecido y vivido en los mismos años, ella era hija de un militar de provincias, hemos sido víctimas de las mismas modas y costumbres, hemos leído las mismas revistas y visto el mismo cine, nuestros hijos puede

136

que sean distintos, pero nuestros sueños seguro que han sido semejantes, con la seguridad de todo aquello que jamás podrá tener comprobación.» Y ya me parecía emocionante verla seguir andando hacia el agujero donde iban a meter a aquel señor, que para ella era simplemente su padre, mientras que para el resto de los españoles había sido el motor tramposo y secreto de ese bloque de tiempo, y el jefe de máquinas, y el revisor, y el fabricante de las cadenas del engranaje, y el tiempo mismo, cuyo fluir amortiguaba, embalsaba y dirigía, con el fin de que apenas se les sintiera rebullir ni al tiempo ni a él y cayeran como del cielo las insensibles variaciones que habían de irse produciendo, según su ley, en el lenguaje, en el vestido, en la música, en las relaciones humanas, en los espectáculos, en los locales. Y, por supuesto, me había fugado por completo de ése en que estábamos, y de mi hija y de la amiga de mi hija, que se tomaban una cerveza en la barra, las veía allí con sus pantalones vaqueros y me parecía imposible explicarles mi repentina emoción a la vista de Carmencita Franco, huérfana de ese padre sempiterno, que a veces se retrataba con ella para la prensa en habitaciones inaccesibles, durante las breves pausas de su dictatorial vigilancia. Se acabó, nunca más, el tiempo se desbloqueaba, había desaparecido el encargado de atarlo y presidirlo, Franco inaugurando fábricas y pantanos, dictando penas de muerte, apadrinando la boda de su hija y de las hijas de su hija, hablando por la radio, contemplando el desfile de la Victoria, Franco pescando truchas, Franco en el Pazo de Meirás, Franco en los sellos, Franco en el NO-DO, mientras todos envejecíamos con él, debajo de él; y entró el cortejo en la Basílica y se volvió a ver la tumba abierta, «lo van a enterrar», pensaba, pero lo pensaba al margen de consideraciones políticas, preguntándome, más bien, cómo había sido ese bloque de tiempo, lo pensaba desde el punto de vista del escondite inglés, no sé si me entiende.

—Sí, claro que la entiendo.

—Fue cuando me di cuenta de que yo, de esa época, lo sabía todo, subí a casa y me puse a tomar notas en un cuaderno. Es el cuaderno que estaba buscando antes.

Miro hacia el mueble del espejo, el cajón sigue abierto y todavía quedan cosas dentro, seguro que el cuaderno debe de estar ahí.

—Es una historia preciosa — dice el hombre —. Y luego, ¿qué pasó? ¿Se le enfrió el proyecto?

—Sí, pero no me acuerdo cuándo. Al principio, me pasé varios meses yendo a la hemeroteca a consultar periódicos, luego comprendí que no era eso, que lo que yo quería rescatar era algo más inaprensible, eran las miguitas, no las piedrecitas blancas. Aquel verano releí también muchas novelas rosa, es muy importante el papel que jugaron las novelas rosa en la formación de las chicas de los años cuarenta. Bueno, y las canciones, lo de las canciones me parece fundamental.

Desde el suelo, con su copa de manzanilla en la mano, me sigue mirando Conchita Piquer. Me agacho a coger el recorte: «Cuarto a espadas sobre coplas de postguerra», dice en la cabecera. Hay una pausa.

—¿Es un artículo suyo? — pregunta el hombre.

—Sí, trata precisamente de eso, ¿quiere usted que se lo lea?

—Me gusta más oírla hablar, pero bueno.

—Es que leérselo me puede dar sugerencias, y como ahora estoy en un momento de entusiasmo.

—¡Ah, sí, eh!

—Sí, estoy segura de que si me sentara a la máquina me pondría a escribir de corrido.

—Si quiere, me voy.

—No, por favor, es estando usted aquí como se me ocurren las cosas.

—Pues si le parece, me siento ahí en el suelo, a su espalda y usted se pone a escribir.

—No estaría mal.

—Pero tendría que aprender a escribir como habla.

—Ya lo creo, no ha dicho usted nada. Es lo más difícil que hay.

—Bueno, a ver, léame el artículo. ¿Qué busca ahora?

—Es que no veo bien sin gafas, no sé donde las he puesto.

—Antes me ha parecido verlas allí, encima de la mesa; ¿no las tiene dentro de una funda que lleva bordado un pavo real?

—Sí.

Miro hacia la mesa y hago ademán de levantarme, pero su mano sobre mi hombro me detiene.

—Deje — dice —, yo se las traigo. Cada vez que se acerca usted a esa mesa, vuelve trastornada. Y ya bastante pierde el hilo de por sí.

Le veo levantarse y acercarse a buscarlas. Me fijo en sus hombros angulosos y en su espalda algo encorvada, visto así, por detrás, parece más viejo. Se vuelve desde allí, nuestros ojos se encuentran, tiene el estuche en la mano.

—No se preocupe, mujer, que no le fisgo nada. ¿Son éstas, no?

—Sí, muchas gracias.

Viene con ellas, me las pongo, y se sienta a mi lado, esperando. «La ventaja de peinar canas, aparte de su discutible valoración estética...», leo, para mí. ¡Qué comienzo más raro!, no me acordaba, lo que busco debe de estar más abajo. De pronto noto que me está mirando, alzo los ojos, los suyos tienen un fulgor raro.

—Nunca la había visto con gafas — dice lentamente —. ¿Hace mucho que las lleva?

Es una mirada de sobrentendidos, de nostalgia. Por una parte intriga y casi asusta, por otra más bien emociona.

—Hace cuatro años, creo, ¿por qué?

Hay un silencio demasiado intenso, tal vez mis ojos brillen tanto como los suyos. Mi última pregunta ha quedado resonando en el aire de la habitación, ¿por qué?, ¿por qué? «Esperanza y Raimundo se miraban con melancólico asombro.» ¿Por qué me mira así? En las novelas rosa, cuando se llegaba a una escena de clima parecido a ésta, se podía apostar doble contra sencillo a que el desconocido iba a revelar su identidad. Todas las descripciones anteriores — tormentas, cumbres, playas solitarias — estaban al servicio de realzar ese momento clave en que el hombre y la mujer iban a pasar de ser desconocidos a conocerse o, en otras versiones más emocionante, a reconocerse, aquel momento en que estaba a punto de ser pronunciado el famoso «¿te acuerdas?», eran esquemas invariables, así ocurría también en la primera novela por entregas que escribí con mi amiga del Instituto y que no llegamos a terminar.

—Le quedan muy bien —dice el hombre, con inusitada dulzura.

Nos estamos mirando a los ojos ya sin paliativos, el corazón se me echa a latir como un caballo desbocado, esto del caballo desbocado lo decían también con frecuencia aquellos libros, es difícil escapar a los esquemas literarios de la primera juventud, por mucho que más tarde se reniegue de ellos. Leía tantas novelas rosa, de Eugenia Marlitt, de Berta Ruck, de Pérez y Pérez, de Elisabeth Mulder, de Duhamel. Luego vino Carmen de Icaza y desplazó a los demás, ella era el ídolo de la postguerra, introdujo en el género la «modernidad moderada», la protagonista podía no ser tan joven, incluso peinar canas, era valiente y trabajadora, se había liberado económicamente, pero llevaba a cuestas un pasado secreto y tormentoso.

—Está sonando el teléfono —dice el hombre—, ¿no lo oye?

Me pongo de pie, asustada. El artículo de la Piquer resbala de mis rodillas al suelo.

—¡Qué raro! A estas horas...

Me gustaría que dijera: «No lo atiendas, quédate conmigo», el paso del usted al tú era también un momento importantísimo, marcaba la transgresión de un umbral inquietante.

—Tal vez sea para mí —dice inesperadamente.

—¿Para usted?

Volvemos a mirarnos, yo en pie desde el umbral del dormitorio, él, serio y enigmático, desde el sofá.

—Cometí el error de dejarle este número a una persona... — aclara —, mejor dicho, de dejarlo en un sitio donde lo ha podido encontrar. Pero le voy a pedir una cosa, dígale que me he ido, ¿me hará ese favor?

La mirada es ahora de complicidad, más larga que ninguna. Nunca le he visto tan serio. El teléfono sigue sonando.

—Puede estar seguro — digo.

Y entro en la habitación.

V. Una maleta de doble fondo

«¿Cuánto tiempo hace que estuve echada por última vez sobre esta cama», me pregunto, mientras descuelgo a tientas el teléfono. No se oye nada, me lo cambio de oído. Percibo ahora una música de fondo y, más cerca, una respiración dubitativa, alargo el brazo y enciendo la luz. Encima de la almohada está el libro de Todorov y, sobre él, un papelito donde tengo apuntado: «Novela fantástica. Acordarme del grabado de Lutero y el diablo. Ambientación similar». Miro hacia la repisa laqueada de blanco. El lugar del grabado está vacío.

Una voz de mujer, con acento canario o andaluz, pronuncia, al otro extremo del hilo, un «oiga...» desmayado, luego deletrea, muy despacio y con cierta vacilación, las cifras de mi teléfono, como si le costara leerlas en una agenda borrosa. Tal como se van poniendo las cosas, no podía por menos de ser una mujer.

—Sí, aquí es.

Hay una pausa breve, apasionante, es para él, seguro que va a pronunciar su nombre. Me pongo en una postura más cómoda, la música que se oye es de bolero, ahora la ha bajado.

—Perdone, ¿está ahí Alejandro?

No puedo evitar sonreír con esa mezcla de sorpresa y felicidad con que aceptamos de inmediato, en el juego, las rachas de buena suerte; cuánto me gustaría poder contarle a mi amiga del Instituto lo que

143

está pasando al cabo de tantos años; sólo ella podría comprender lo maravilloso que es. Habíamos hecho una lista con los nombres de hombre que más nos gustaban, y dudamos bastante antes de elegir uno para el desconocido aquel de la novela, poeta y vagabundo, que luego resultaba ser primo de Esmeralda y que habían sido medio novios de pequeños; un día, en el trozo que le correspondía traer a mi amiga, se habían resguardado de la lluvia en una taberna de pescadores y se miraban en silencio, entre el humo, oyendo la música de un acordeón; de pronto Esmeralda se echaba a llorar y él, sin decirle una palabra, sacaba un pañuelo grande con una A. bordada, que ella veía borrosa entre las lágrimas. «¿Álvaro? ¿Arturo? ¿Alejandro?», se preguntaba con curiosidad, mientras se lo llevaba a los ojos. En el capítulo siguiente, que me tocó empezar a mí, quedaban zanjadas las dudas: se llamaba Alejandro.

—¿Alejandro?... me lo figuraba — se me escapa decir.

La respuesta es cortante:

—Yo también me lo figuraba.

Me quedo a la expectativa, dándole vueltas entre los dedos a la nota que estaba sobre el libro; por el reverso leo copiada esta frase: «El tiempo y el espacio de la vida sobrenatural no son el tiempo y el espacio de la vida cotidiana». No, claro que no son los mismos; si lo fueran, mañana me despertaría en la cama turca y luego llegaría muy excitada a clase, le diría a mi amiga que se me ha ocurrido una idea estupenda para continuar la novela —«no te lo puedes ni figurar: una mujer misteriosa que llama de

noche por teléfono, te lo cuento al salir» —, se lo
diría en clase, al oído, y ella querría que le contara
más, nos llamaría la atención el profesor de Religión,
en aquella clase es donde menos atendíamos, era ba-
jito y yo le imitaba muy bien: «Martín Gaite, repita
lo último».

—Por favor, dígale que se ponga.

Lo ha dicho con cierto desafío, pero también con angustia. Puede que esté tumbada en una cama deshecha, como ésta, contemplando, en torno, las marcas
del insomnio reciente. Me gustaría verle la expresión,
la voz sola no da bastantes pistas, hace falta el rostro. Vacilo unos instantes. Ahora suspira, puede que
crea que le he ido a llamar.

—Lo siento, pero ya se ha marchado.

Me da pena tener que mentirle, porque colgará en
seguida y no podré enterarme de más cosas.

—¿Hace mucho que se ha marchado?

—Hará diez minutos.

—¿Y ha estado mucho rato?

—No sé calcularlo, ninguno de los dos teníamos
reloj.

—¿Y a qué hora llegó?

—Tampoco le puedo decir... ¿Era para algo urgente?

De repente se echó a llorar.

—Dígame a qué ha ido a esa casa, por la Virgen,
dígame la verdad.

—Pues... a verme.

—A verla, claro, necesitaba volver a verla, lo sabía,
se lo dije cuando se estaba poniendo la chaqueta,
seguro que vas a buscar a esa loca, salió dando un
portazo, le estuve insultando desde el mirador hasta

que cerró la verja, le pedí a gritos que no volviera nunca más, por favor, dígale que me perdone, que vuelva, fue un arrebato... comprenda que...

Hay un silencio, se la oye respirar agitadamente, sollozar. Yo contengo la respiración, luchando entre el acuciante deseo de profundizar en esta historia perturbadora y la sensatez que me aconseja desentenderme de ella. Lo más honrado sería salir a llamarlo y que él se las componga como pueda, pero la curiosidad me retiene, ¿por qué me habrá llamado loca?, lo tengo que adivinar, seguro que se equivoca con otra persona. Pero, por otra parte, me embriaga la sospecha de haber podido merecer esa calificación, siento sobre la piel, como un estigma, la atribución de esa identidad insospechada, «fugada, loca»...

—¿Sigue usted ahí? — pregunta, al cabo, con voz suplicante.

—Sí, aquí estoy.

—Pues dígame algo.

—¿Qué quiere que le diga?, que lo siento, que ya se ha marchado, y que yo...

—¡No es verdad! — me interrumpe con renovada alteración —, me está mintiendo, antes dijo que estaba ahí.

—Yo no he dicho eso.

—¡Sí!, no soy tonta, dijo usted «me lo figuraba», lo oí perfectamente, ¿qué es lo que se figuraba?

Otra vez se me va la imaginación a la novela sin terminar, a la taberna de pescadores, a la inicial bordada en el pañuelo, Alejandro sabía quién era ella desde el primer encuentro en el acantilado, pero no se lo dijo hasta el capítulo quinto.

—Verá, es que estaba pensando en otro Alejandro — digo, sin estar muy segura de mi afirmación, ni de que esta escena y aquella no formen parte de la misma intriga.

—¡Ah, vamos, ya entiendo! — dice con sarcasmo.

—No creo que lo entienda, es una historia larga de contar. Pero temo que no le interese.

—No necesito que me la cuente, conozco esa historia, lo sé todo... ¡He leído las cartas!

¿Las cartas?, ¿qué cartas?, pero mejor callarse y dejarla seguir. Me quedo paralizada, con los ojos fijos en la pared de enfrente, esperando que se dibuje allí la siguiente escena, como si estuviera en el cine viendo una película de suspense; la primera que vi en mi vida se llamaba «Rebeca», fue tan famosa que tituló el género y le dio nombre también a aquellas chaquetitas de punto abiertas de arriba abajo con botones chicos, como la que llevaba Jean Fontaine en todas las escenas del film, se la cruzaba sobre el pecho con un gesto de susto, siempre creyendo ver fantasmas por los largos corredores del castillo de Manderley, intentando, en vano, esclarecer la historia misteriosa de su predecesora; la película empezaba con una imagen onírica, era de noche, la cámara trasponía la verja del castillo, se iba internando por un sendero bordeado de maleza, de bultos sombríos, se escuchaba la voz en *off:* «Anoche soñé que volvía a Manderley», las críticas dijeron que era morbosa, para mayores, con reservas.

—¡Se lo figuraba, claro! — dice la mujer, fuera de sí —, se lo figuraban los dos que iba a llamar, habrá dicho, al oír el teléfono: «Si es ella, dile que no estoy», me lo ha hecho a mí tantas veces, cuando llamaba otra, son trucos de su repetorio, seguro que está ahí mismo, a su lado... Alejandro, perdóname lo de antes, es sólo un momento, Alejandro...

Predomina la veta sensata, me incorporo, es demasiado, tengo que reaccionar contra tamaña bandada de disparates, con mi silencio cómplice les estoy dando alas, aunque también es verdad que dar alas siempre ha sido algo mucho más hermoso que cortarlas.

—Por favor, señorita, procure calmarse y escúcheme — digo en un tono que se esfuerza por ser sereno y convincente —. Creo que está usted siendo víctima de un lamentable error.

Hay un silencio agónico, mis palabras han sido disparos certeros contra la bandada de pájaros prodigiosos que se elevaban en zarabanda sobre mi cabeza graznando «loca-loca-loca», han caído muertos al suelo.

—¿Un error? — titubea —, perdone, entonces no entiendo, me voy a volver loca.

De nuevo me he encastillado, ya es otro el loco, ya me he puesto a salvo yo una vez más. Lo pienso con satisfacción y mala conciencia, como siempre que, tras haberme asomado al abismo de la locura, he conseguido vencer el vértigo y dar un paso atrás, para convertirme en espectador de quienes se ahogan en ese torbellino oscuro; me inclino hacia ellos, los exhorto a la salvación, tendiéndoles la mano desde mi inaccesible barandilla. Siempre he mantenido con la locura unas relaciones espúreas, de tira y afloja, de fascinación y cautela, que arrancan de una escena muy antigua.

Es una mañana de verano, estamos todos los primos en un soto de castaños y eucaliptos, en la aldea gallega de mi madre, hemos hecho un fuego entre piedras; en el rescoldo se echaban las patatas y luego se cubrían de hojas de eucaliptos, para que se fueran asando, impregnadas de aquel olor; ellos se han quedado dándoles vueltas con un palo largo y yo me he ido a perseguir mariposas, me he encontrado con mi padre, que está sentado en una hamaca un poco más allá, leyendo un libro, me pregunta si ya están listas las patatas, era el aperitivo habitual de aquellos veranos, se tomaban con sal y unos vasos de vino, le digo que todavía falta un poco, vuelve a su lectura interrumpida. Era un libro pequeño con tapas de piel, de aquellos de la colección «Crisol», con una cinta de seda roja para señalar las páginas; desde el suelo miré el título, escrito en el lomo con letras doradas: «El elogio de la locura»; lo releí con incredulidad, me resultaba incomprensible que mi padre, en cuyos labios la palabra loco sonaba siempre con un matiz claramente peyorativo, se abismase en aquel texto con sonrisa beatífica, no me atrevía a preguntarle nada, la paz de aquel recinto se volvió enigmática, las mariposas marrones, que revoloteaban tejiendo espirales, tenían ojos impenetrables en sus alas, el silencio nos envolvía inquietante y tórrido. «¡Qué título tan raro!, ¿no, papá?», me atreví a decir, al cabo. Y me miró como si despertara, como si le hubiera cogido en pecado. Al invierno siguiente me enseñó, una tarde, el retrato de Erasmo de Rotterdam que presidía su despacho, me vino a decir que era un sabio muy grande y que sólo las mentes tan claras como la suya pueden meterse a enjuiciar la locura y a verle, incluso, sus aspectos positivos, pero que era una empresa delicada, llena de riesgos.

—Por favor, dígame una cosa... — pronuncia, al otro extremo, la voz quebrada y zozobrante — ¿Su nombre no empezará, por casualidad, con la letra C?

—Sí... pero eso, ¿qué tiene que ver?

Me he sobresaltado, las espirales color malva del empapelado de la pared empiezan a girar, reanudando el jeroglífico, ya estoy arrodillada en la playa, como al principio, pintando sobre la arena, con la C. de mi nombre, una casa, un cuarto y una cama, ¡qué extraños retrocesos lleva este discurso!, ¿o es que no habrá avanzado más que en mi imaginación?

—¿Y firma usted a veces sólo con la inicial?

—Sí, algunas veces, pero...

—Claro, ya lo sabía, ¿ve como no hay error? Una C. grande, casi siempre con punto detrás, colocada así un poco de través, indica desafío.

—¿Desafío?

—Sí. Bueno, es que yo tengo una amiga grafóloga y el año pasado me regaló un libro donde dice eso de las mayúsculas con punto y atravesadas, quise estudiar grafología precisamente para entenderlo a él por la letra, cuando empecé a notarlo raro conmigo, pero se ríe de todo lo que empiezo a estudiar, dice que son ganas de inventar enredos, que no sé lo que quiero, que me canso en seguida, eso dice, pero es porque me desanima él, me ha ido anulando, quitándome las ilusiones una por una, usted no lo conoce, es un machista.

—¿Machista?... A mí no me ha parecido eso.

150

—Es horrible enamorarse así —dice con un repentino desaliento, como si no me hubiera oído—, vivir pensando sólo en hacer las cosas para interesar a un hombre y que no te deje de querer, no sirve de nada, ellos lo notan y te desprecian, es fatal. ¿A usted no le ha pasado alguna vez?

Me conmueve su tono desvalido, pero no me interesa meterme en un intercambio de confidencias; prefiero no apearme de mi barandilla.

—Bueno, mujer, todos hemos pasado por momentos malos, pero hay que procurar reaccionar.

En seguida me avergüenzo de la esterilidad de mi consejo, formulado en términos de consultorio sentimental, en aquel tono aséptico y escapista de la revista «Y». Así que la indignación de su respuesta es como la bofetada del gitano al payo, la siento merecida.

—¡Qué sabrá usted lo que es una pasión!

Podría reírme, me ha sonado a copla de Conchita Piquer. Pero, a pesar del desprestigio que ha venido aureolando, con el paso del tiempo, a estos arrebatos de la hembra en celo, de los que yo misma me he burlado tantas veces, todo lo que me vuelva a traer al paladar trasero de la memoria el sabor amargo que diferenciaba aquellas coplas me produce respeto. En el mundo de anestesia de la postguerra, entre aquella compota de sones y palabras —manejados al alimón por los letristas de boleros y las camaradas de Sección Femenina— para mecer noviazgos abocados a un matrimonio sin problemas, para apuntalar creencias y hacer brotar sonrisas, irrumpía a veces, inesperadamente, un viento sombrío en la voz de Conchita

Piquer, en las historias que contaba. Historias de chicas que no se parecían en nada a las que conocíamos, que nunca iban a gustar las dulzuras del hogar apacible con que nos hacían soñar a las señoritas, gente marginada, a la deriva, desprotegida por la ley. No solían tener nombre ni apellido aquellas mujeres, desfilaban sin identidad, enredadas en los conflictos de no tenerla, escudadas en su apodo que enarbolaban agresivamente: La Lirio, La Petenera, La Ruiseñora, la niña del quince mil, cuerpos provocativos e indefensos, rematados por un rostro de belleza ojerosa; la copla investigaba, a través de distintos rumores y versiones, el motivo de aquellas ojeras, unos decían que sí, otros decían que no, ¿por qué se viste de negro, si no se le ha muerto nadie?, ¿dónde va tan de mañana con la carita más amarilla que la pajuela?, pero ninguno sabía el porqué de la agonía que la estaba consumiendo. Costaba trabajo imaginar aquellos barrios, arrabales y cafetines por donde dejaban rodar su deshonra, las casas y alcobas donde se guarecían, pero se las sentía mucho más de carne y hueso que a los otros enamorados de los boleros que se juraban amor eterno a la luz de la luna. La luna, en estas historias, sólo iluminaba traiciones, puñaladas, besos malpagados, lágrimas de rabia y de miedo. Retórica, hoy trasnochada, pero que entonces tuvo una misión de revulsivo, de zapa a los cimientos de felicidad que pretendían reforzar los propagandistas de la esperanza. Aquellas mujeres que andaban por la vida a bandazos y no se despedían de un novio a las nueve y media en el portal de su casa intranquilizaban por estar aludiendo a un mundo donde no campeaba lo leal ni lo perenne, eran escombros de la guerra, dejaban al descubierto aquel vacío en torno, tan difícil de disimular, aquel clima de sordina, parecido al que preside las convalecencias, cuando se mueve uno entre prohibiciones, con cautela y extrañeza. Nadie quería hablar del cataclismo que acababa de desgarrar al país, pero las heridas vendadas seguían latiendo, aunque no se oyeran gemidos ni disparos: era un silencio artificial, un hueco a llenar urgentemente de lo que fuera. Se había dejado de hablar de Robledo de Chavela, del valiente y leal legionario, de los artilleros al cañón, que os reclama artillería, se echaba mano de los sentimientos delicados, se pregonaba la esperanza.

> *Yo sé esperar* — decía un bolero —
> *como espera la noche a la luz,*
> *como esperan las flores*
> *que el rocío las envuelva.*

De esperar se trataba, pintaba esperanza. Y aprendimos a esperar, sin pensar que la espera pudiera ser tan larga. Esperábamos dentro de las casas, al calor del brasero, en nuestros cuartos de atrás, entre juguetes baratos y libros de texto que nos mostraban las efigies altivas del cardenal Cisneros y de Isabel la Católica, con el postre racionado, oyendo hablar del estraperlo — que ya no era una especie de ruleta que tiene dos colores, *le blanc et le rouge* —, escuchando la radio, decorando nuestros sueños con el material que nos suministraban aquellas canciones, al arrullo de sus palabras de esperanza. A la hora de la merienda hacíamos un alto en el estudio de los ungulados, del mester de clerecía o de la conquista de América, para acercarnos a la radio y escuchar, mirando la puesta de sol, los dulces boleros de la Bonet de San Pedro, de Machín o de Raúl Abril. Y de repente, una ráfaga de sobresalto barría la dulzura y enturbiaba la esperanza: «E.A.J. 56, Radio Salamanca; van a escuchar ustedes "Tatuaje", en la voz de Conchita Piquer». Aquello era otra cosa, aquello era contar una historia de verdad; la rememoraba una mujer de la mala vida, vagando de mostrador en mostrador, condenada a buscar para siempre el rastro de aquel marinero rubio como la cerveza que llevaba el pecho tatuado con un nombre de mujer y que había dejado en sus labios, al partir, un beso olvidado. Estaba enamorado de otra, de aquella cuyo nombre se había grabado en la piel, y ella lo sabía, era una búsqueda sin esperanza, pero aquel beso olvidado del marinero que se fue, evocado ante una copa de aguardiente por los bares del puerto, contra la madrugada, se convertía, en la voz quebrada de Conchita Piquer, en lo más real y tangible, en eterno talismán de amor. Una pasión como aquélla nos estaba vedada a las chicas sensatas y decentes de la nueva España.

—Oiga, por favor... no habrá cortado — reanuda la voz alterada de esta mujer, que sí parece saber de pasiones.

—No.

—Como no dice nada.

—Es que no sé qué decir.

—Yo tampoco sé bien bien lo que digo, perdone, la

estaré cansando, es muy difícil explicarse por teléfono y son tantas cosas las que le querría decir. Ya comprendo que no son horas. Pero sólo un favor, antes de colgarme...

—No pienso colgarle, diga lo que quiera.

— ¡Huy, lo que quiera!, eso es imposible, no acabaríamos, y usted tendrá que dormir.

—Por eso no se preocupe, yo duermo poco, padezco de insomnio.

—Sí, eso ya lo sabía, todas las cartas empiezan diciendo que es de noche o de madrugada y que no se puede usted dormir...

—Espere un momento, me estoy haciendo un lío.

—Pues anda que yo... No llevo leídas ni la cuarta parte y ya estoy mareada, ¿sabe usted cuando se mete una en un laberinto de esos de las ferias?, pues igual. Me subí al cuchitril en cuanto él se fue, las había sacado de la maleta y las había guardado en otro sitio, menudo es de desconfiado, además había cerrado la puerta con llave, tuve que meterme por el tragaluz, desde el tejado, ¿sabe dónde las había escondido?, debajo del colchón, me pilló arriba la tormenta y estaba muerta de miedo de que volviera..., qué tarde, hija, de novela policiaca, si se lo cuento.

—Cuéntemelo, por favor, pero un poco más ordenado, si puede.

—No sé si podré, yo explico las cosas según me van saliendo. Pero, antes de nada, prométame que me hará un favor.

—Si está en mi mano — puntualizo, recelosa, intuyendo la proximidad de un terreno resbaladizo.

«Ponte en guardia — me avisa una voz interior —, frena tu curiosidad, la curiosidad te ha llevado siempre a meterte en atolladeros donde se pierde pie y no sirve de nada aferrarse a los barrotes de la barandilla.»

—Pero venga ya, no sea tan gallega — dice con voz impaciente.

—¿Cómo sabe que soy gallega?

—No lo sabía, lo he dicho así, a la buena de Dios, no se lo tome como un insulto, es que en Puerto Real se lo decimos siempre a la gente que anda con rodeos, él lo oye como un insulto pero yo contra Galicia no tengo nada. Son maneras de ser, en mi pueblo, desde luego, al que te pide un favor, se le contesta rápido: «eso está hecho», luego, si se puede se hace y si no en paz; a mí es que las precauciones no me van, ¿que me meto en la boca del lobo?, pues me metí... Pero además no se apure, que este favor que le voy a pedir no es nada del otro mundo.

—Da igual — digo, deponiendo mi temor a meterme en la boca del lobo y sintiendo, al mismo tiempo, que ya me he metido en ella —. ¿Cuál es el favor? Está hecho.

—Gracias, sólo es pedirle que no le cuente a él que he leído las cartas, no me lo perdonaría, las tenía escondidas como un tesoro, claro que cuanto más te esconden las cosas, más te pica la curiosidad, eso es lógico; la riña de esta tarde...

—¿Pero de qué cartas me está hablando? — interrumpo.

La voz me ha sonado ahogada, no hay remedio, empiezo a perder pie.

—La riña de esta tarde — prosigue — empezó precisamente por eso, porque me encontró en el cuchitril fisgando en la maleta, no lo sentí llegar, debió subir de puntillas. Me quedé blanca como el papel, se lo juro, cuando me vuelvo y me lo veo allí detrás con cara de juez y yo arrodillada en el suelo con la maleta abierta delante, no podía disimular. «¿Qué haces?», puso unos ojos que daban miedo, me tiene prohibido subir al cuchitril cuando él no está.

—Pero bueno — trato de bromear —, eso parece el cuento de Barba Azul.

—Igual, usted lo ha dicho, si yo le llamo Barba Azul cuando se pone así, le dije que no había visto nada pero no se tragó la mentira, me levantó del suelo agarrándome por el pelo, y yo, temblando..., sabía que me iba a pegar.

—¿La pegó?

—Anda, claro, y no es la primera vez, si lo que llevo pasado yo estos meses es de copla gitana.

—Parece increíble.

—Sí, hija, no lo conoce, con razón decía antes que se refería usted a otro Alejandro, ya me he dado cuenta de que con usted iba todo por lo suave... Bueno, y lo que me salvó es que había vuelto a meter las cartas donde las tenía él y no se atrevía a palpar el forro de la maleta delante de mí, porque eso era delatarse; me lo había figurado yo que era una maleta de doble fondo...

— ¡Qué raro! ¿Pero quedan todavía maletas de doble fondo?

—Pues ésta, ya ve...

—Será de algún abuelo.

—Y yo qué sé de quién será, ni de dónde diablos la sacaría. La trajo cuando se fue a arreglar lo de la herencia de su padre, que ésa es otra, dichosa herencia, como se llevan todos a matar. Claro que a mí plin, no quiero tratarme con ninguno, ¿que me tienen por una apestada?, pues peor para ellos, ahora, lo que no hay derecho es a que digan que estoy con Alejandro por el interés; si ya ve usted, cuando lo conocí yo no sabía de qué familia era ni nada y si no es por mí se muere de hambre, y bien que nos queríamos, fue la época mejor, maldito parné.
Sí, es todo como de copla gitana:

> *Maldito parné,*
> *que por tu culpita*
> *perdí yo al gitano*
> *que fue mi querer...;*

se mentaba mucho el dinero en aquellas coplas, casi siempre para maldecirlo, para avisar de las desgracias que trae consigo; la riqueza y el amor se presentaban como conceptos irreconciliables, también solía pasar lo mismo en la novela rosa: las almas generosas y abnegadas pertenecían, casi sin excepción, a los desheredados de la fortuna.

—El padre, por lo menos — sigue contando —, estaba loco de atar, pero era mejor persona, a mí nunca me echó las culpas de nada, creo que hasta me agradecía que Alejandro conmigo se hubiera recogido un poco, yo no lo traté casi, tenía un genio de todos los diablos, pero era un tipo original. Se fue una tarde a cazar y se lo encontraron muerto en el monte, di-

158

cen que se le disparó la escopeta, pero a saber, estaba viviendo con una chica joven y ella le ponía cuernos. Bueno, ya estará usted enterada.

—No, no sabía nada.

—Pues sí, fue una muerte muy rara, vino en los periódicos.

—Yo casi nunca leo los periódicos. Pero siga contando lo de la maleta. La trajo y ¿qué pasó?

—Nada, que empezaron todos los males. Pero a mí no me engañan las corazonadas, sospechaba yo de esa maleta, fíjese, nada más vérsela en la mano cuando volvió de aquel maldito viaje a Galicia; había ido a esperarle a la estación, con un traje verde que le gusta a él mucho, y ya nada más bajar, zas, el jarro de agua fría, que le dejara tranquilo, que para qué había ido, y no vea la que me armó, cuando estábamos esperando el taxi, porque se me ocurrió decirle que de dónde había sacado aquella maleta y cogérsela un momento, le digo: «Pero si no pesa nada, ¿esto es todo el equipaje que traes?», me la arrebató hecho una furia, que quién me había dado permiso para tocarla, que me quiero meter en todo, y luego ni al taxista se la dejó coger, todo el rato con ella encima de las piernas, agarrándola como si alguien se la quisiera robar, y sin hablarme una palabra, pero como yo no le había hecho nada y además le conozco, pensé: «Lo mejor es echarlo a broma, Carola, si te pones por las malas estás perdida», y le digo: «Oye, ¿y esa maletita es todo lo que traes, pues vaya herencia, mi alma, la del gato con botas», creí que se iba a reír y que con eso se acabaría el enfado, ¿usted no se hubiera reído?

—Sí, es muy gracioso.

—Pues ya ve, él nada, me miró como si no me conociera, ni siquiera con odio, porque el odio es otra cosa, yo lo prefiero mil veces, lo peor es cuando te miran así, como a una caja de zapatos, una mirada heladora, fue el primer aviso de que había otra mujer, si no falla... Por cierto, le voy a hacer una pregunta, como si fuera usted una verdadera amiga, ¿no estaría usted en Galicia, por casualidad, en aquellas fechas?

Las fechas, las piedrecitas blancas. A ver si conseguimos salir de este bosque enmarañado, siguiendo la pista de las piedrecitas blancas.

—¿Qué fechas? Dígame cuándo era.

—Es verdad, que no se lo he dicho, espere que saque la cuenta; su padre murió en junio, ¿no?

—Yo no sé.

—En junio, sí. El viaje ese de la maleta debió de ser a finales de verano, hará seis meses.

—Ya... — digo, decepcionada, mirando la cita de Todorov.

Nada, no coincide; «el tiempo y el espacio del mundo sobrenatural no son los de la vida cotidiana». Está visto que esta noche las piedrecitas blancas sólo sirven para equivocar más las cosas.

—Pues no, lo siento, yo la última vez que estuve en Galicia fue el verano del 73, me acuerdo muy bien.

—Bueno, da igual, ya me figuraba yo que se trataba de una historia más antigua. También por eso han sido mayores los celos; cómo no iba a hurgar en la maleta, póngase en mi caso, tener a un hombre al lado que se queda mirando al vacío horas enteras

y saber que hay algo en su pasado que nunca te va
a contar, es un sinvivir, un suplicio.

Otra vez me acuerdo de Jean Fontaine, sin poder
conciliar el sueño en aquel caserón de Manderley,
con los ojos abiertos a las tinieblas; oigo aquella voz
en *off* que se ahuecaba por las bóvedas repitiendo
trozos de conversaciones que le daban pistas sobre
su misteriosa antecesora: «Se llamaba Rebeca de
Winters, todos dicen que era muy hermosa, su marido la adoraba»...

—Claro que ha sido peor el remedio que la enfermedad, porque como las cartas no traen fecha...

—¿Que no traen fecha?

—No, pone arriba «viernes, noche» o «domingo, las
cuatro de la mañana», y algunas ni eso; y lo malo
es que luego las lees y no se refieren a nada concreto,
parecen como de libro, también son ganas de perder
el tiempo, diga él lo que quiera.

—¿Pero qué dice él?

Me da rabia empezar a hacerle preguntas, es mal
camino.

—Bueno, a él siempre le han gustado mucho los
libros que se entienden mal, tenemos gustos muy
distintos en eso, y también desde que le conocí decía
que por qué la gente ya no escribirá cartas de amor
como antes; yo precisamente cuando estuvo en Galicia le había escrito dos o tres veces, pero no me
contestó, es que no sé qué poner, se me da muy mal
escribir cartas y si son de amores peor, me parece
como un engaño. Hará un mes, volvió a salir esta conversación, estaba también mi primo Rafael, que me
daba la razón a mí, y nos miró sonriéndose así como

desde las nubes, con un desprecio, me quedé helada —«¡Qué sabréis vosotros lo que es una carta de amor!»— y en ese mismo momento es cuando se me metió en la cabeza que en la maleta tenía cartas de otra mujer, al principio había creído que serían papeles de lo de la herencia, aunque ya se me hacía raro que se encerrara tanto en el cuchitril. Pero la estoy armando a usted un lío, ¿verdad?

—Pues sí...

—¿Por dónde iba?

—Por lo del taxi, cuando no hablaba con usted.

—Ah, y siguió sin hablarme, yo a lo último ya no le miraba ni de reojo, un enfado tonto, de esos que no sabes por qué vas enfadado, y al llegar dijo que no tenía suelto y se bajó agarrando la maleta, con una prisa que hasta el propio taxista lo notó raro, me dijo: «Oiga, ¿qué mosca le ha picado a su novio, reina?», un chico moreno, bien majo, y yo ya medio llorando, le digo: «Eso quisiera saber yo», porque, vamos, por mal que estés, si te preguntan una cosa con educación, no vas a dejar a la gente con la palabra en la boca, pero luego empezó a decir que yo valía mil veces más que él, lo de siempre, y ya me di cuenta de que quería ligar y le corté: «Perdone, pero no tengo día», que ahí metí la pata, ya ve, como me decía Silvia al día siguiente: «Si es que eres tonta, lo que tenías que haber hecho era irte con el taxista y no volver en tres días, no eres ni sombra de la que eras», y qué razón tiene, antes me comía el mundo; Silvia es mi amiga la grafóloga.

—Ah, ya.

—Total, que entré en el chalet, y no lo veía por ninguna parte, venga a llamarlo, ya con una angustia que no podía más, hasta que me dije: «Capaz de haberse subido al cuchitril», porque siempre que le da una ventolera rara se encierra allí, es una manía que yo no la entiendo, si por lo menos me dejara arreglárselo, claro que lo que dice Silvia, si se lo arreglas, peor, es darle pie para que no vuelva nunca abajo contigo, porque está acostumbrado a que se lo den todo resuelto y además en la letra suya ha salido que es un poco esquizofrénico, subo y, efectivamente, estaba ya cerrando la puerta cuando llegué, le digo: «¿Qué te pasa, Alejandro, pero qué te he hecho yo?», y él dándome con la puerta en las narices: «Quita, ¿no ves que no puedo cerrar?», no hubo manera. Total, para no cansarla, que prácticamente, desde ese día, vive ahí arriba metido como una cucaracha con la famosa maleta, en un cuartucho al lado del desván; ya ve, sin más que un camastro y cuatro trastos viejos; últimamente se ha subido libros, una lámpara y una butaca, pero de todas maneras no me diga que es normal, podía haberse arreglado otra habitación cualquiera, con tantas como sobran en esta parte de abajo, dando al jardín, ¿no le parece?

—Bueno, eso es muy personal, puede que a él el cuchitril le parezca más acogedor, no puedo opinar, no conozco la casa.

—¿Cómo que no? Es el chalet viejo de la Ciudad Lineal, donde vivía antes su hermana. ¿No era usted amiga de su hermana?

—¿De qué hermana?

—De Laura, la casada. Vamos, digo yo, es lo que he

supuesto, porque María Antonia está en Caracas hace veinte años; no habrá vivido usted en Caracas.

—Yo no, nunca he estado en Caracas.

—Pues, entonces, tiene que ser Laura.

—¿Y de qué dice usted que la conozco?

—Anda, si yo no digo nada, qué quiere que sepa yo, sólo digo que puede ser ella la que iba con usted cuando se encontraron a Alejandro al final de aquel pasadizo.

—¿Un pasadizo? No entiendo nada.

—Sí. Una especie de rampa que subía dando muchas vueltas en espiral, se lo cuenta usted en una carta, iban las dos siguiendo a un hombre que las alumbraba con un farol, luego salieron al campo, y él estaba allí tumbado, en medio de unos árboles, con un gato encima del pecho; usted se arrodilló a su lado y oyó que hablaba en un lenguaje desconocido...

—Pero todo eso es rarísimo.

—Sí, es que era un sueño, pero no se entera una hasta el final, desde luego escribe usted en plan follón, se saca poco en limpio; de sueños son muchas, la mayoría. Por cierto, ahora empiezo a atar cabos, él siempre me decía, cuando nos despertábamos, que qué había soñado y parece que se quedaba desilusionado cuando le contestaba que nada, yo es que duermo como un tronco, ¿usted sueña mucho?

—Sí, mucho, pero casi nunca me da tiempo a apuntar los sueños ni puedo contárselos a nadie, es lo que me hace sufrir.

—Pues aquí se quitó usted la espina, hija, no cabe duda.

Noto que me he perdido hace bastante rato, pero

aún conservo la querencia de buscar una orientación.

—Pero dígame, ¿cómo sabe que esas cartas son mías?

—Cuando me las encontré debajo del colchón, tenían encima un papel con su teléfono apuntado en rojo, él sabe que soy curiosa, lo debió dejar como cebo para saber si he leído las cartas; he estado dudando si llamarla o no, la llamé para tantear, no crea que estaba segura, cuando la llamé, de que las hubiera escrito usted.

—¿Y ahora?

—Ahora tampoco... ¿Y quiere que le diga una cosa?

—Sí.

Ya no puedo elegir, estoy en plena boca del lobo. Hay un silencio, parece estar buscando la manera de explicarse.

—No sé, me pasa algo muy raro: es como si no estuviera segura tampoco de que exista usted de verdad, vamos, la mujer de las cartas, me refiero... Al principio, cuando le he oído la voz, casi..., es horrible...

—¿Casi qué? Diga lo que sea.

—Que casi me daba miedo.

Nombrar los sentimientos es un método infalible para que tomen cuerpo. Desde hace un rato estaba zumbando por el cuarto el miedo, pero no lo veía, ahora ya lo tengo aquí, encima de mi cara, el moscardón azul del miedo, y sólo hay una manera de espantarlo, dejar de defenderme, hacerle frente a la tentación que me ronda. Cierro los ojos, clavo las uñas en el libro de Todorov.

—¿Le puedo pedir un favor?

—Sí, mujer, está hecho.

—Que me lea alguna de esas cartas.

¡Qué ganas tenía de pedírselo!, es como si hubiera abierto la ventana para que se vaya el moscardón, aunque exponiéndome, claro, a que entre otro.

—Bueno, pero tendrá que esperar un poco, porque tengo que salir otra vez al tejado y meterme por el tragaluz, menos mal que ahora ya ha escampado.

Pienso vagamente que es demasiado, que si le contara todo esto a mi amiga en clase, saldríamos volando de la mano por la ventana aquella de cristales sucios, bajo la mirada atónita del profesor de Religión: «¿Pero adónde se han ido volando esas dos niñas? — preguntaría con la boca abierta —, vayan a buscarlas, tienen el diablo en el cuerpo». Hay un punto en que la literatura de misterio franquea el umbral de lo maravilloso, y a partir de ahí, todo es posible y verosímil; vamos por el aire como en una ficción de Lewis Carroll, planeando sobre los tejados de una ciudad, es de noche y ella se agarra fuerte de mi mano y se ríe con el pelo alborotado, porque hace mucho aire: «Mira — le digo —, ahora verás a una mujer andando a gatas por las tejas y metiéndose por ese tragaluz». « ¡Qué bonito — dice ella —, cuéntame más.»

—A no ser que prefiera que la vuelva a telefonear.

—No, prefiero esperarla.

—De acuerdo. Pues ahora vuelvo.

Oigo el ruido del auricular al posarse sobre un mueble, y el silencio en torno se hace, de pronto, angustioso, cuando me acuerdo de que el hombre de negro está realmente ahí fuera, a pocos pasos, vamos, supongo que seguirá ahí. Lucho entre el deseo de asomarme a comprobarlo y el miedo a cambiar de postura; se puede haber convertido en cualquier animal espantoso, en un dragón, en el hombre lobo, puede, incluso haberse esfumado. Me quedo paralizada, con la vista clavada en la cortina roja; lo más horrible sería que apareciera ahí de repente mirándome con ojos de Barba Azul, pero no, qué absurdo, preguntaría antes: «¿Se puede?», no hace mucho me dijo que nunca ha entrado en el dormitorio de una mujer sin su consentimiento; aunque también es cierto que la imagen que me está dibujando de él esta chica de Puerto Real poco tiene que ver con aquella persona distante y educada, con la que estuve hablando del escondite inglés; lo más excitante son las versiones contradictorias, constituyen la base de la literatura, no somos un solo ser, sino muchos, de la misma manera que tampoco la historia es esa que se escribe poniendo en orden las fechas y se nos presenta como inamovible, cada persona que nos ha visto o hablado alguna vez guarda una pieza del rompecabezas que nunca podremos contemplar entero. Mi imagen se desmenuza y se refracta en infinitos reflejos: estoy volando sobre los tejados de la mano de una amiga que ya murió y, al mismo tiempo, avanzo por un pasadizo junto a la hermana del hombre de negro de la que no me acuerdo en absoluto; claro que era un sueño, pero en algún momento soñaría ese sueño, tal vez echada en esta misma cama, desde donde ahora contemplo la cortina roja con el corazón en ascuas, esperando a que vuelva a oírse la voz que me ha traído estas historias descabaladas, con la sed de que me las complete. Cuánto tarda en venir; al otro lado del hilo hay un auricular silencioso, abandonado sobre un mueble, ¿cómo será la habitación?, necesito imaginármela para llenar con algo esta espera, ella ha dicho que es un chalet viejo de la Ciudad Lineal y que yo lo conozco. Nunca he entrado en ningún chalet viejo de la Ciudad Lineal, pero no por falta de ganas, he dado muchos paseos por allí mirándolos desde fuera, sobre todo hace años, cuando amenazaron con que iban a tirar los más bonitos, ahora ya deben quedar pocos en pie. Me acuerdo muy bien de uno que ya ha desaparecido y que rondé una tarde de otoño; era precioso, tenía un mirador y hojas secas en las escaleras, de repente salió un perro, vino a la verja y se puso a ladrarme furiosamente, aquella escena fue el germen de mi novela «Ritmo lento», si no hubiera visto aquella casa, no la habría escrito.

Tengo los huesos entumecidos, me levanto sin hacer ruido y doy unos pasos hacia el radiador, reconozco los objetos que se desparramaron antes de que llegara el hombre de negro, cuando se me cayó el costurero, la carta azul no la veo, quizá la guardase en otro sitio, o puede que la sacara, como el grabado de Lutero, pero no voy a angustiarme con esa preocupación, ahora estamos en otra historia, en otra pesquisa, aunque quién sabe si será otra; esta noche todo tiene algo que ver. Me apoyo en el radiador a hacer tiempo, a la cortina no me atrevo a asomarme, siento que lo echaría a perder todo, — quieta, aguanta —, miro el cuadro grande que hay encima de la cama, se ven unos árboles oscuros asomando por encima de una tapia y, a lo lejos, un tren, el tiempo pintado fluye, se desborda del marco, la luz parece de amanecer.

Al cabo de un rato, que me ha parecido más que suficiente, vuelvo a acercarme a la cama de puntillas, acomodo el cuerpo sobre las ropas que conservan la huella de mi cuerpo, cojo el teléfono y me quedo a la escucha, ahora se oye un rumor.

—Oiga, ¿está usted ahí? — pregunto.

No me contesta, parece que está hablando con alguien. ¿O será que ha puesto la radio?; no, el murmullo se hace menos confuso, he reconocido su voz, en contraste con otra de timbre varonil, discuten, sólo pillo palabras sueltas, ha dicho «Déjame en paz»; la escena — necesito situarla — se desarrolla en la habitación de mentira que inventé y decoré para «Ritmo lento», gracias a haber visto una fachada de verdad, es el despacho del padre de David Fuente, había un diván de terciopelo usado, una gran librería y una chimenea de esquina, el dibujo del empapelado de la pared era de flores de un rojo desvaído, desde la ventana se veía la huerta que había en la parte trasera del chalet, con un invernadero de cristales; mientras yo viva, existe la habitación y me oriento por ella, aunque sea producto de mi fantasía, y ya hayan tirado la casa que vi con el perro ladrando, qué más da, también el cuarto de atrás sigue existiendo y se ha salvado de la muerte, aunque hayan tirado la casa de la Plaza de los Bandos, el año pasado un amigo me mandó un recorte de «El Adelanto» donde lo decía.

Ahora las voces han subido de tono, se acercan. «Por favor, Carola, no seas mala, ¿qué te cuesta?» dice el hombre. Es verdad, se llama Carola, lo dijo antes; de pronto tengo una idea luminosa: las cartas están firmadas con una C., ¿y si las hubiera escrito ella y no se acordara?, le parece que nunca le ha gustado escribir cartas y menos de amor, pero puede estar equivocada, ¿qué sabe nadie de sí mismo?, la vida da tantas sorpresas...

—Déjame en paz, ya te he dicho que no estoy hablando con él, que es una amiga..., no la conoces tú..., espérame en el otro cuarto, termino en seguida. De la frase, que he oído con toda claridad, retengo, sobre todo, las últimas palabras. Las he sentido como una puñalada, como ese raro presagio que se introduce en los sueños inopinadamente, insinuando la sospecha de su inconsistencia, avisando de la proximidad del despertar. «Termino en seguida.» Es horrible, no le va a dar tiempo a leerme las cartas.

—Bueno, si te empeñas, mira que eres pesado, pero sólo un momento, y luego te vas.

—De acuerdo — dice la voz del hombre, sumisa, ya muy cerca.

Y oigo inmediatamente el ruido del auricular, al ser agarrado y despegado del mueble donde yace. Ahora que me acuerdo, en el despacho de David Fuente no había teléfono, no puede ser aquella estancia, se esfuman el diván, el empapelado rojo y la librería, es una habitación desconocida, no veo nada, me doy de golpes contra las paredes.

—¿Alejandro? — pregunta el hombre —. ¿Estás ahí?

—No entiendo — digo —. ¿Dónde está Carola?, yo estaba hablando con ella, ¿usted quién es?

—¿Y usted?

—Una amiga de Carola.

Ahora suena la voz de ella, posiblemente le ha arrebatado el teléfono de la mano.

—Pero venga, Rafael, ¿no te basta con ver que es una señora?, ¿qué pretendes, hacerle el padrón? ...Venga, cierra la puerta... Que sí, en seguida voy.

Remata con un suspiro de impaciencia, que considero ya dirigido a mí. Luego se oye el ruido de un portazo.

— ¡Uf, menos mal! ¿Está usted ahí todavía? — dice.

—Sí, pero ¿qué pasa?

—Nada, hija, lo siento, que la voy a tener que dejar. No sé qué manía tenemos con los hombres, no escarmienta una.

—Pero bueno, ¿me ha traído las cartas?

—Qué va, imposible, si es que se ha presentado Rafael, todo son líos esta noche.

No soy capaz de contener mi indignación.

—Dijo usted que me las iba a bajar, no habérmelo dicho — protesto con la terquedad de un niño a quien hubieran escamoteado el juguete que esperaba anhelante —. ¿Y así son las promesas de los de Puerto Real?, pues más valía que no prometieran tanto.

—No se enfade, mujer, yo también estaba muy a gusto hablando con usted, se me había cambiado hasta el humor, a ver si se cree que me apetece ahora aguantar a Rafael, que encima viene en plan de reproches, ya no me acordaba para nada del santo de su nombre.

—Pues dígale que se vaya.

—No puedo, ¿no ve que le llamé yo?, le pedí que me viniera a consolar, estaba hecha polvo...

—¿Pero eso, cuándo?

—Antes de llamarla a usted; claro que pensé: «igual no viene», porque como le hago tantos desplantes y sólo acudo a él en casos de apuro, pero es inútil, cuanto peor le trato, más fiel, y cuanto más fiel, peor le trato, ya comprendo que está fatal hacer eso.

—Entonces, no se queje — digo, presa de un repentino aburrimiento, al notar que mi papel en la comedia ha llegado a su fin.

—La vida es así, en el fondo nos gusta que alguien sufra por nuestra culpa, y siempre pagan justos por pecadores, ¿no le parece?

—¡Y yo qué sé! — digo de mala gana, sintiéndome incapaz de recibir, por todo premio a mi espera, un rosario de filosofías baratas.

—Pero, por favor, no se enfade, siento mucho no haber podido bajarle las cartas.

—Más lo siento yo.

—De todas maneras, hubiera sido una temeridad, mire que si llega a venir Alejandro de repente y me pilla otra vez arriba, no lo quiero ni pensar, madre mía. Aunque ya, a estas horas, no creo que vuelva, ¿verdad? ¿A usted no le dijo adónde iba?

—A mí no me dijo nada, pero además, ¿qué le importa?, no se preocupe tanto de él, al fin y al cabo ahora ya tiene compañía.

—De verdad que me da rabia tener que dejarla así…

—Déjelo, ¡qué más da!

—Pues nada, no la aburro más, gracias por todo.

—De nada. Buenas noches — digo secamente.

Espero unos segundos antes de colgar. Ella hace lo mismo, como si estuviera pensando en alguna frase para dulcificar un poco la despedida.

—Me gustaría que fuera usted la de las cartas — murmura, al cabo, tímidamente.

—A mí también me gustaría serlo —digo suspirando —. Ojalá.

Y en seguida cuelgo el teléfono, sin añadir una palabra más, avergonzada de haberle hecho a un desconocido semejante confidencia.

VI.   La isla de Bergai

Me acerco a la puerta, sin hacer ruido, y asomo un poquito la cabeza, amparándome en la cortina, como si observara, entre bastidores, el escenario donde me va a tocar actuar en seguida. Ya lo conozco, es el de antes, veo la mesa con el montón de folios debajo del sombrero — evidentemente el tramoyista ha añadido algunos más — y al fondo, a través del hueco del lateral derecha (suponiendo que el patio de butacas estuviera emplazado en la terraza), vislumbro las baldosas blancas y negras del pasillo que conduce al interior de la casa; el hueco está cubierto a medias por una cortina roja del mismo terciopelo que la que me esconde, pero ni se mueve ni se adivina detrás de ella bulto ninguno, no da la impresión de que por ese lateral vaya a aparecer ningún actor nuevo. El personaje vestido de negro ya está preparado, espera mi salida tranquilamente sentado en el sofá, todo hace sospechar que vamos a continuar la representación mano a mano. Finge estar embebido en la lectura de unos recortes de prensa, pero lo que hace es repasar su papel, mientras que yo el mío lo he olvidado completamente; lo compruebo con un súbito desfallecimiento, que se traduce en dos síntomas físicos: flojera de piernas y mareo de estómago. Retrocedo furtivamente al interior del dormitorio, me siento en una silla baja tapizada de amarillo, que hay frente a la coqueta, y me acodo ante el espejo largo, al tiempo que rebusco algo en el repentino erial de mi memoria, ¿qué tenía yo que decirle?, no me acuerdo de nada, interrogo en vano a ese semblante pálido, que sólo me devuelve mi propio estupor.

Y, de pronto, tiene lugar una transformación insólita. La expresión del rostro es la misma, pero aparece rodeado de una cofia de encaje y han desaparecido las ojeras y arruguitas que cercan los ojos. Por otra parte, el espejo se ha vuelto ovalado, más pequeño, y la pared del camerino presenta algunos desconchados; yo miro, con la mente en blanco, uno que tenía forma de pez, se me va la cabeza, no existe más que ese desconchado, oigo barullo fuera. Por detrás de mí, se acerca con pasos rápidos una chica menuda, vestida de hidalga del siglo XVI. «¿Pero qué haces?, te estamos buscando, vamos, Agustín ya está en escena.» «Se me ha olvidado todo, Conchita, es horrible, no puedo salir.» «No digas bobadas, anda, eso pasa siempre la primera vez, en cuanto salgas te acuerdas en seguida. ¿Quieres un consejo? Píntate un poco más los ojos, verse guapa da seguridad.»

Cojo un lápiz negro que hay sobre la coqueta y me perfilo los ojos con cuidado, igual que aquella primera vez que pisé las tablas del Teatro Liceo de Salamanca, para representar un entremés de Cervantes. Ya ha desaparecido la cofia de encaje, pero también la desazón, sólo quiero acordarme de que tuvimos un gran éxito; entre los papeles que quemé hace años, creo que había una reseña muy elogiosa de «El Adelanto», augurándome un gran porvenir como actriz: era mi segundo año de carrera. Me pongo de pie y vuelvo a acercarme a la cortina, no hay más remedio que echarle valor y serenidad a la salida.

Ahí sigue el hombre de negro. Me doy ánimos a mí misma, diciéndome que él, después de todo, a pesar de la sosegada actitud con que se dispone a recibirme, no cuenta con las noticias nuevas que tengo ahora sobre él; sé que es capaz de pegar a una mujer y que su escritura revela una cierta tendencia a la esquizofrenia. No es que piense hacer uso de estos datos más que en última instancia, pero me protegen, como todas las bazas secretas. En el fondo, todo es jugar, y el éxito depende de la capacidad de concentración, tengo que pensar eso, que los nervios surgen cuando nos distraemos del juego mismo por atender a las normas que lo fijan de antemano, qué más da, en el programa que ponga lo que quiera, los programas nunca han servido para nada. Lo que tengo que hacer es esperar a que hable él primero, atender a las variaciones que se vayan sucediendo en su rostro y en su parlamento, escucharle tranquila, bastará con eso para que me salga una réplica brillante. Permanezco aún unos instantes, relajada en la seguridad que me da saber que no sabe que le acecho; luego me pongo las gafas, que traía en la mano, descorro la cortina y salgo a escena pisando con paso resuelto. Me extraña que no hayan estallado los aplausos.

No levanta los ojos, está leyendo mi artículo sobre Conchita Piquer; mejor, no hay prisa, en el teatro cuentan los silencios tanto como el texto, preparan la tensión del espectador para acoger la trama, y un buen actor debe saber resistir impasible esas pausas, habitarlas. Me arrodillo en el suelo y, procurando la mayor armonía en mis gestos, me pongo a recoger los papeles que se cayeron en el acto anterior y a colocarlos uno por uno en la carpeta color garbanzo. Al terminar, me levanto y vuelvo a meter la carpeta en el cajón de la izquierda, que sigue abierto; el primer premio a mi correcta actuación se me ofrece inmediatamente: al fondo del cajón veo un cuaderno de tapas azules con espirales en amarillo. Yo mis cuadernos los reconozco siempre por la fisonomía exterior: éste es el que buscaba antes, el que empecé la mañana del entierro de Franco. Lo cojo y me siento a hojearlo frente a él, con las piernas cruzadas. A mis espaldas se escucha el ruido del viento, azotando la puerta de la terraza. Muy de obra de Chejov, ahora sí que pegaría una chimenea.

—¿Me permite una sugerencia? —pregunta él, al cabo, levantando los ojos de su lectura.

Me quito las gafas y me pongo a chupar una de sus patillas, mientras le miro de frente. Ha desaparecido mi zozobra ante sus preguntas, hemos entrado en una fase nueva.

—¿Por qué me mira así? ¿Le molesta que haya leído su artículo?

—No, estoy esperando a oír su sugerencia.

—Es acerca del libro que piensa escribir.

—Sí, ya me imagino.

—Creo que debe partir del tema de la escasez. Aquí hay una frase muy reveladora.

Baja los ojos y se pone a buscar, con el dedo, algún renglón que se le ha perdido; necesita mirar el papel, si no, no sabe por dónde se anda. Yo también miro el mío; sobre el tema de la escasez que me diga lo que quiera, tengo material de sobra para contestarle, ha sido algo providencial encontrar este cuaderno.

178

Leo: «Isla de Bergai. Primera mención a Robinson Crusoe. Sueños de evasión». Dejo el dedo indicando la línea. Le puedo desarrollar esto, daría un parlamento precioso.

—¿Qué pasa, no lo encuentra? — le pregunto.

—Sí, vamos a ver, está usted hablando de las canciones de postguerra, de cómo todavía no se habían convertido en objetos de consumo...

—Ya me acuerdo...

—Aquí está, le leo lo que dice: «En tiempos de escasez hay que hacer durar lo que se tiene, y de la misma manera que nadie tira un juguete ni deja a medio comer un pastel, a nadie se le ocurre tampoco consumir deprisa una canción, porque no es un lujo que se renueva cada día, sino un enser fundamental para la supervivencia, la cuida, la rumia, le saca todo su jugo...».

—Sí, claro — interrumpo —, lo mismo que le pasó a Robinson Crusoe al llegar a la isla. De la necesidad de sobrevivir surge la inventiva.

Por primera vez, alza los ojos y me mira intrigado. Ha sido un recurso de efecto; cuando los nombres literarios o geográficos no se sueltan a la buena de Dios, sino que están respaldados por la historia concreta que los ha traído a colación en el texto, brillan con un resplandor distinto. Noto, por su mirada, que he conseguido encenderle la curiosidad.

—Y ese cuaderno, ¿de dónde lo ha sacado? — pregunta.

Señalo al cajón, sin decir nada. Si viene a cuento, se lo enseñaré luego, si no, lo mismo da.

—¿Habla ahí de Robinson Crusoe?

—Sí, y también de la isla de Bergai.

—¿Bergai? Nunca he oído ese nombre.

—No me extraña, no viene en los mapas.

A Bergai se llegaba por el aire. Bastaba con mirar a la ventana, invocar el lugar con los ojos cerrados y se producía la levitación. «Siempre que notes que no te quieren mucho — me dijo mi amiga —, o que no entiendes algo, te vienes a Bergai. Yo te estaré esperando allí.» Era un nombre secreto, nunca se lo había dicho a nadie, pero ella ya se ha muerto. Aunque ahora me acuerdo de que está dando vueltas conmigo por el aire, nos hemos escapado por la ventana del Instituto, me da un poco de miedo.

—Es un nombre raro — dice el hombre —, parece un anagrama.

—Es un apócope de dos apellidos, el de una amiga y el mío, estaba de moda entonces la contracción de nombres y apellidos para titular lo que fuera, es un estilo que se ha perdido casi por completo, en provincias era muy típico: Moga, Doyes, Simu, Quemi...

—¿También eran islas?

—No, eran tiendas y cafés que abrieron por entonces en Salamanca, locales modernos.

Mi padre no se explicaba de dónde sacaba la gente el dinero para abrir tantos locales, decía que eran fruto de los negocios sucios, del estraperlo. Se hablaba mucho de lo sucio y lo limpio, «ése — se decía — no es trigo limpio», había empezado la subversión de valores, se mezclaban las aguas, no había trabajos del todo honrados ni del todo indecentes. Simu era un café oscuro, con espejos negros y asientos cubistas que abrieron cerca de la Plaza Mayor, nos llevó un domingo papá a mi amiga y a mí a tomar el aperitivo, es la primera vez que vi a una chica de familia conocida haciendo manitas con un soldado italiano, a los ojos de todo el mundo, sacó un pitillo y se puso a fumar descaradamente, era rubia, se reía muy alto con su vermut en la mano, la miraban todos, seguramente pensando que no era trigo limpio. Mi padre nos dejó un rato solas y se fue a darle la enhorabuena al dueño del local, que era cliente suyo, estábamos en una mesa del fondo, entraba mucha gente, nosotras sonreíamos, amparadas por nuestro secreto, nos pusimos a hablar de Bergai, ya llevábamos varios meses anotando cosas de la isla en nuestros respectivos cuadernos.

—Bergai — digo — se inventó partiendo precisamente de la escasez, como todas las fantasías, como todos los amores que merezcan el nombre de tales.

—¿También los amores?

—¡Claro!

—¿Se refiere a los que se alimentan de sueños?

—Sí, por supuesto.

—¿Los otros no le interesan?

—No es que no me interesen, es que…

—…Es que le dan miedo.

Desvío la vista.

—…Bueno, mi caso personal da lo mismo, sería, a lo sumo, un ejemplo aislado; lo que importa es tener en cuenta los modelos literarios que influyen en las conductas, ¿no?, no tiene más que echar una mirada a la literatura universal, no encontrará una sola obra donde los grandes amores no se asienten sobre la carencia de satisfacciones reales.

Ha bajado los ojos. Sería el momento de iniciar una divagación muy brillante sobre el amor y la ausencia, ilustrada con citas de los cancioneros galaicoportugueses y de diversos poemas románticos, es un tema en el que, al cabo de tanto años de adecuarme a la escasez, me muevo con dominio. Y por ahí llegaríamos a la novela rosa, pero esto no es una conferencia, sino una representación, se trata de improvisar en esta situación concreta, no de meter discursos postizos; lo que tendría que hacer — y lo sé, porque me da miedo — es cambiarme a su lado y lograr que me hablara de las cartas que guarda en la maleta de doble fondo; pero reconozco que no me atrevo a tomar esa iniciativa sin llevar pensada una frase buena y que, mientras esté dándole vueltas a esa frase, que no se me ocurre, no seré capaz de levantarme y franquear con naturalidad el breve espacio que nos separa. De ahí me han venido siempre los fallos en el amor, del miedo a que alguien pueda dejarme sin palabras, reducida al desnudo poder de mi mirada o de mi cuerpo. «Tú eres poco lanzada — me decían mis amigas, cuando empecé a ir a bailar al Casino —, no das pie.» A los hombres había que darles pie, las chicas lanzadas sabían jugar con sus ojos, con su risa y con el movimiento de su cuerpo, aunque no tuvieran nada que decir. Y los hombres que me gustaban, y a los que tal vez yo también gustaba, se iban haciendo novios de otra. Aprendí a convertir aquella derrota en literatura, otra vez será, a intensificar mis sueños, preparando aquella frase que le diría a alguien alguna vez, escribía un poema, nunca tenía prisa, y así pasaba el tiempo, «la niña del notario no

saca novio, y eso que es mona, guapa no, pero mona».
Pasa el tiempo, no me atrevo, estoy desaprovechando
otra ocasión. Ya levanta los ojos.

—Hábleme de Bergai — dice.

—Bueno, es volver al tema de los refugios. Antes
me preguntó usted a qué edad empecé a refugiarme,
¿se acuerda?

—Sí, me acuerdo.

—Pues Bergai fue mi primer refugio. Pero lo inventé con una amiga, así que tendría que hablarle primero de esa amiga.

Me quedo callada, qué difícil es contar todo esto sin
hablar del prodigio principal, de que ella, después
de muerta, sigue volando conmigo de la mano, es
un poco espeluznante. Oigo soplar, a mis espaldas,
el viento furioso, la ropa tendida se debe de estar des-
garrando, planeamos por encima de esta terraza, ella
lleva un camisón de fantasma y se ríe, me da miedo
mirar para atrás. Me pongo a hablar sin orden ni
concierto.

—Ella me inició en la literatura de evasión, necesitaba evadirse más que yo, porque lo pasaba peor,
era más desvalida, pero también más sobria y más
valiente, afrontaba la escasez, por ejemplo la cuestión de carecer de juguetes no la afectaba en absoluto, se reía de eso, porque tenía conflictos reales,
¿entiende?, no de pacotilla como los míos, dijo que
las riquezas se las puede uno inventar como hizo
Robinson, nos pusimos a escribir juntas una novela,
Esmeralda despreciaba la riqueza y se escapaba de
su casa en una noche de tormenta...

—¿Se llamaba Esmeralda su amiga?

—No, la protagonista de la novela. Pero se lo estoy contando muy mal, la novela fue posterior a Bergai, me pierdo...

Ahora el viento es casi un huracán. «Oye, qué divertido, qué jaleo — me grita ella al oído —, se ha creído que soy Esmeralda. ¿Y él es Alejandro, verdad?, nos lo hemos encontrado en carne y hueso.» «No estés tan segura, espera a ver por dónde sale todo esto.» «Da igual por donde salga, tonta, es divertidísimo.» «No chilles tanto, nos van a oír.» «Que no, ¿cómo nos van a oír con el aire que hace?, además ella ha dicho que es algo sorda.»

—¿Se pierde? Pues, a ver, vuelva atrás, estábamos hablando de la escasez..., una época de escasez, «nadie dejaba a medio comer un pastel ni tiraba un juguete», ¿no era eso?

—Sí, eso fue importante, el racionamiento de los juguetes. Mi hermana y yo, antes de la guerra, teníamos muchos juguetes buenos, comprados en Madrid, que es de donde venía todo lo diferente. Luego nos los dejaron de comprar y hubo que empezar a amortizar los viejos. Amortizar es una palabra que se decía continuamente, puede que ya antes la hubiera oído, sin hacer caso de ella, formaba parte de la jerga jurídica de mi padre, que siempre me resultó demasiado abstracta. Pero hay un momento en que las palabras de los adultos, por abstractas que sean, empiezan a interferir en el propio campo y no hay manera de eludirlas: así pasó con amortizar, requisar, racionar, acaparar, camuflar y otros verbos semejantes que, de la noche a la mañana, andaban en boca de todo el mundo y era imposible ignorarlos, yo también los decía, aunque no entendiera del todo su significado; entendía lo fundamental, que tenían que ver con la necesidad y se oponían al placer. La palabra acaparar, por ejemplo, la siento siempre unida a la fábula de la cigarra y la hormiga. Una vez me mandaron hacer un ejercicio de redacción sobre este tema, predilecto de todos los maestros, y me vengué ilustrándolo con un dibujo donde la hormiga aparecía cabezuda y repelente y, en cambio, la cigarra vestida de puntitos de oro, como un hada. Me imaginaba a la hormiga acaparadora contando y recontando aquellos billetes de banco pequeños y sobados, que ni siquiera tintineaban como las monedas de oro, y se destinaban a la compra de artículos de primera necesidad. Se hablaba mucho de los artículos de primera necesidad, tenían primacía sobre cualquier otro, se oponían al lujo, a lo superfluo. Dar un paseo era ya algo superfluo, como no se amortizara; si hacíamos una excursión al campo, por ejemplo, se aprovechaba para que algún cliente de mi padre le proporcionara, a cambio de un montón de aquellos billetes sucios, lentejas, patatas o unos pollos tomateros; no nos dejaban entretenernos a coger grillos, había que volver en seguida. «Comemos dinero» decía mi padre con gesto preocupado, cuando estábamos sentados a la mesa; a mí esa frase me quitaba las ganas de comer: sólo se pensaba en comer, en acaparar artículos de primera necesidad. En seguida se supo que los juguetes no presentaban méritos suficientes para ser incluidos en este grupo y que, por consiguiente, si después de mucho sacar cuentas, nos compraban alguno, había que amortizarlo. Y esta ley de la amortización general alcanzó también al cuarto de atrás...

Me interrumpo, he tocado el punto más importante, esto sí que tendría que contarlo bien. El hombre me mira desde el sofá, con la cara apoyada en la mano; ahora mismo no me acuerdo de si le he hablado ya del cuarto de atrás o es la primera vez que se lo menciono, me encuentro como ante una mesa de trabajo llena de fichas desordenadas, hace falta un criterio de ordenación, seleccionar por temas, descartar lo repetido.

—Es que es imposible. Si, al menos, hubiera usted traído magnetófono — me sorprendo diciéndole.

—¿Magnetófono? ¿Qué dice? ¿Cómo es posible que le guste a usted semejante chisme?

—No, si no me gusta, y estoy convencida, además, de que si lo hubiera traído, no me saldría hablarle así. Pero es que me extraña que no lo use, siempre que vienen a hacerme una entrevista lo traen.

—A mí no me hace falta, tengo otro aparato más sutil para que queden grabadas las cosas, más arriesgado también.

Me mira con una sorna que no sé descifrar.

—¿Lo lleva escondido dentro de la chaqueta? —bromeo.

—No lo llevo escondido en ningún sitio, ni está patentado todavía, es un sistema que estoy ensayando ahora.

Me alegro de estar sentada de espaldas a la mesa, no quiero volver la cabeza, pero me desazona que sus ojos se hayan dirigido nuevamente hacia allá. No puedo consentir que me siga pisando el terreno.

—¡Ah, vamos!, me ha tomado usted de conejillo de indias.

—Sí — dice, serio —, pero confiese que usted a mí también.

—Bueno — corto —, ya que parece tan seguro de haberlo registrado todo, acláreme una duda, ¿le he hablado ya del cuarto de atrás?

—No, supongo que sería un cuarto de su casa y que estaría en la parte de atrás, como su propio nombre indica.

—Sí. Mi casa de Salamanca tenía dos pasillos paralelos, el de delante y el de atrás, que se comunicaban por otro pequeñito y oscuro, en ése no había cuartos, lo llamábamos el trazo de la hache. Las habitaciones del primer pasillo daban a la Plaza de los Bandos, las del otro, a un patio abierto donde estaban los lavaderos de la casa, y eran la cocina, la carbonera, el cuarto de las criadas, el baño y el cuarto de atrás. Era muy grande y en él reinaban el desorden y la libertad, se permitía cantar a voz en cuello, cambiar de sitio los muebles, saltar encima de un sofá desvencijado y con los muelles rotos al que llamábamos el pobre sofá, tumbarse en la alfombra, mancharla de tinta, era un reino donde nada estaba prohibido. Hasta la guerra, habíamos estudiado y jugado allí totalmente a nuestras anchas, había holgura de sobra. Pero aquella holgura no nos la había discutido nadie, ni estaba sometida a unas leyes determinadas de aprovechamiento: el cuarto era nuestro y se acabó.

—¿Y con la guerra cambiaron las cosas?

—Sí. Hay como·una línea divisoria, que empezó a

marcarse en el año treinta y seis, entre la infancia y el crecimiento. La amortización del cuarto de atrás y su progresiva transformación en despensa fue uno de los primeros cambios que se produjeron en la parte de acá de aquella raya.

—¿Se convirtió en despensa?

—Sí, pero no de repente. Antes de nada, hay que decir que en el cuarto de atrás, había un aparador grande de castaño; guardábamos allí objetos heterogéneos, entre los que podía aparecer, a veces, un enchufe o una cuchara, que venían a buscar desde las otras dependencias de la casa, pero esa excepción no contradecía nuestra posesión del mueble, disponíamos enteramente de él, era armario de trastos y juguetes, porque la función de los objetos viene marcada por el uso, ¿no cree?

—Sí, por supuesto.

—Y, sin embargo, su esencia de aparador constituyó el primer pretexto invocado para la invasión. Cuando empezaron los acaparamientos de artículos de primera necesidad, mi madre desalojó dos estantes y empezó a meter en ellos paquetes de arroz, jabón y chocolate, que no le cabían en la cocina. Y empezaron los conflictos, primero de ordenación para las cosas diversas que se habían quedado sin guarida, y luego de coacción de libertad, porque en el momento más inoportuno, podía entrar alguien, como Pedro por su casa, y encima protestar si el camino hacia el aparador no estaba lo bastante limpio y expedito. Pero hasta ahí, bueno; lo peor empezó con las perdices.

—No me diga que les metieron también perdices.

—Sí, perdices estofadas. Como escaseaba mucho la carne, mi madre, en época de caza, se pasaba días y días preparando en la cocina una enorme cantidad de perdices estofadas, que luego metía en ollas grandes con laurel y vinagre, eran tantas que no sabía dónde ponerlas y, claro, dijeron que a las niñas les sobraba mucho sitio: aquellos sarcófagos panzudos, alineados contra la pared, fueron los primeros realquilados molestos del cuarto de atrás, que, hasta entonces, sólo había olido a goma de borrar y a pegamín. Luego vinieron los embutidos colgados del techo, y la manteca y, a partir de entonces, hasta que dejamos de tener cuarto para jugar, porque los artículos de primera necesidad desplazaron y arrinconaron nuestra infancia, el juego y la subsistencia coexistieron en una convivencia agria, de olores incompatibles.

Me interrumpo y echo una ojeada a los apuntes del cuaderno que tengo abierto sobre las rodillas: «Primera mención a Robinson, al salir de la cacharrería del Corrillo».

—¿Se le ha olvidado algo? — dice el hombre.

—Se me habrán olvidado tantas cosas. Pero es que trato de llegar a la isla. Ya falta poco.

—No tenga prisa. Las circunstancias anteriores a la llegada del náufrago tampoco las descuidó Defoe, cogen por lo menos veinte páginas del Robinson, si mal no recuerdo.

—Sí, pero esas páginas yo siempre me las saltaba.

—Convendrá conmigo en que hacía mal.

—Ya, pero a esa edad se lee con mucha avidez y lo que no es maravilloso parece paja, tarda uno bastantes años en aprender a saborear la paja.

—Hay quien no aprende nunca — dice él.

Le miro. Seguro que está pensando en Carola, son tan distintos, a ella las cartas de la maleta le parecieron paja, sería un buen momento para dar un quiebro y hablar de la literatura epistolar, a ver qué salía, parece estarme invitando, hay una luz rara en su mirada, la obra decae por mi culpa.

—Pero también los rodeos son fatigosos — digo —, a veces me da envidia la gente concisa, que sabe siempre lo que tiene que decir y adónde va...

—No mienta, a usted esa gente le aburre, igual que a mí. ¿Quiere un pitillo?

—Sí.

Enciende dos en su boca y me pasa uno. Muy de novela rosa este detalle. Tengo que reconocer que, desde hace un rato, está actuando con muchas más tablas que yo. Entorno los ojos y hago una pausa tras la primera bocanada de humo.

—Mi hermana y yo teníamos una cocina de juguete bastante grande, uno de los últimos regalos de antes de la guerra, se enchufaba y se hacían comidas en un hornillo de verdad, nos la envidiaban todas las niñas. Aunque a las casitas, como se jugaba mejor era en verano, al aire libre, con niños del campo que no tenían juguetes y se las tenían que ingeniar para construírselos con frutos, piedras y palitos, y que, precisamente por eso, nunca se aburrían. Cogían una teja plana y decían «esto era un plato», machacaban ladrillo y decían «esto era el pimentón», y resultaba todo mucho más bonito, yo lo sentía así, pero cuando llegaba el invierno, me olvidaba y sucumbía a las exigencias de una industria que fomentaba el descon-

tento y el afán de consumo. Total, que se nos fueron
rompiendo los cacharros de la cocinita eléctrica, y
estábamos tristes porque nadie nos los reponía. Una
tarde, al volver del Instituto, vi en el escaparate de
una cacharrería, una vajilla de porcelana que me pareció maravillosa, de juguete, claro, pero igual que
las de verdad, con salsera, platos de postre y sopera
panzuda, todas las piezas tenían un dibujo de niños
montando en bicicleta, me entró un capricho horrible. Mi padre dijo que era muy cara, que ya veíamos en Reyes; pero estábamos en marzo y tenía
miedo de que se la vendieran a otro niño, me daba
mucho consuelo cada vez que volvía a pasar por el
escaparate y seguía allí con el precio encima; costaba siete cincuenta.

—¿Siete cincuenta? ¿Tan poco?

—Muy poco, hoy da risa, ni para el autobús, ni para
un triste periódico, ¿verdad?, pues para mí es una
cifra importante. Me empecé a preguntar por la esencia absurda del dinero delante de aquel escaparate y
de aquellos tres guarismos escritos en rojo, sobre un
cartón que a veces se ladeaba o se caía. Entraba a
preguntar que si la habían rebajado. «¿Que si hemos
rebajado qué?» «La vajilla esa de china.» Me quedaba de guardia junto al escaparate, mientras el chico
se metía a preguntárselo a la dueña. «Doña Fuen-
cisla, que preguntan por la vajilla esa de juguete.»
«¿La de siete cincuenta?» decía, desde el fondo, una
voz reacia a la súplica. «Sí, señora.» «Pues envuél-
vesela, el papel lo tienes ahí.» No sabía cómo irme,
ni cómo curarme de aquel vicio. Hasta que un día
llevé a mi amiga a verla, esa niña que le dije antes, su

opinión me parecía fundamental, la acababa de conocer hacía poco en clase y me tenía sorbido el seso, no veía más que por sus ojos.

—¿Por qué? ¿Era usted lesbiana?

Nunca me habían hecho esa pregunta; si alguien me la hubiera hecho entonces, habría contestado con otra: «¿Qué si soy qué?», era una palabra que no circulaba jamás, ni siquiera clandestinamente, si la hubiera oído, la habría apuntado como todas las que aprendía nuevas y cuyo significado aclaraba luego consultando el diccionario, seguro que su sentido me habría parecido inaceptable, algo sobre lo que había que correr un tupido velo, «pasar como gato por brasas», como decía el profesor de Religión cuando llegaba a explicar el sexto mandamiento; expresiones como fornicar y desear la mujer de tu prójimo venían explicadas por medio de eufemismos que multiplicaban los rodeos, algunas niñas se reían mucho, yo prefería no preguntar, me daban miedo las alusiones al sexo, eran inapresables y ambiguas, como mariposas. «Ése es ligeramente mariposo», —oí decir, ya en la Facultad, de un muchacho que tenía gestos afectados. Pero las palabras «invertido» y «lesbiana» no las aprendí hasta muchos años después, en Madrid, y me costó trabajo hacerme cargo de su significado, no tenía un lugar preparado para recibir aquellos conceptos.

—No —digo—, no se me ocurría tal cosa. Sólo se puede ser lesbiana cuando se concibe el término, yo esa palabra nunca la había oído.

—Como ha dicho que su amiga le tenía sorbido el seso.

—Es que la admiraba sin límites.

—¿Por el pelo rizado? — pregunta sonriendo.

—No, por dos cosas mucho más insólitas: porque sus padres estaban en la cárcel y porque hacía diario. Lo del diario era algo que podía imitarse, y además ella misma me animó a que la imitara, pero lo otro ni en lo más escondido de mi corazón me atrevía a envidiárselo, por muy novelesco que resultara, porque me parecía que nos podía castigar Dios. A un tío mío lo habían fusilado y mi padre ni nos había mandado a colegios de monjas ni quiso tener alojados alemanes en casa, siempre nos estaban advirtiendo que en la calle no habláramos de nada y mi madre contaba algunas veces el miedo que le daba por la noche despertarse y oír un camión que frenaba bruscamente delante de casa...

—Siga... ¿Qué le pasa? Se ha puesto pálida.

—Es que, de pronto, me he asustado, me parece que anda alguien ahí fuera.

—Es el aire. Se ha levantado un aire terrible. Le miro, no puedo tener miedo mientras continúe aquí conmigo, tengo que seguir contándole cuentos, si me callo, se irá.

—Bueno, mi amiga empezó a venir algunas veces a estudiar conmigo a casa, pero jugar, sólo habíamos jugado al monta y cabe con las otras niñas en el patio del Instituto. Una tarde, al salir de clase, le hablé de la vajilla y le pedí que viniera conmigo a verla, ella iba callada, mirando de frente, con las manos en los bolsillos y yo me sentía un poco a disgusto porque no hallaba eco ninguno al entusiasmo con que se la describía, estará esperando a verla, pensé, pero cuando llegamos delante del escaparate y se la señalé con el dedo, siguió igual, ni decía nada ni yo me atrevía a preguntarle, me había entrado vergüenza. Después de un rato de estar allí parada, dijo: «Bueno, vamos, ¿no?, que hace mucho frío» y echamos a andar hacia la Plaza Mayor. Fue cuando me empezó a hablar de Robinson Crusoe, me dijo que a ella los juguetes comprados la aburrían, que prefería jugar de otra manera. «¿De qué manera?» «Inventando; cuando todo se pone en contra de uno, lo mejor es inventar, como hizo Robinson.» Yo no había leído todavía el libro, me había parecido un poco aburrido las veces que lo empecé, a lo de la isla no había llegado, ella, en cambio, se lo sabía de memoria, nos pusimos a dar vueltas a la Plaza Mayor, me estuvo contando con muchos detalles cómo se las había arreglado Robinson para sacar partido de su mala suerte, todo lo que había inventado para resistir. «Sí, es muy bonito — dije yo —, pero nosotras ¿qué?, nosotras no tenemos una isla donde inventar cosas.» Y entonces dijo ella: «Pero podemos inventar la isla entre las dos, si quieres». Me pareció una idea luminosa y así fundamos Bergai; esa misma noche, cuando nos separamos, ya le habíamos puesto el nombre, aunque quedaban muchos detalles. Pero se había hecho tardísimo, ella nunca tenía prisa porque no la podía reñir nadie, yo en cambio tenía miedo de que me riñeran. «Si te riñen, te vas a Bergai — dijo ella — ya existe. Es para eso, para refugiarse.» Y luego dijo también que existiría siempre, hasta después de que nos muriéramos, y que nadie nos podía quitar nunca aquel refugio porque era secreto. Fue la primera vez en mi vida que una riña de mis padres no me afectó, estábamos cenando y yo seguía imperturbable, les miraba como desde otro sitio, ¿entiende?

—Claro, desde la isla. Aprendió usted a aislarse.

—Eso mismo. Al día siguiente, inauguramos las anotaciones de Bergai, cada una en nuestro diario, con dibujos y planos; esos cuadernos los teníamos muy escondidos, sólo nos los enseñábamos una a otra. Y la isla de Bergai se fue perfilando como una tierra marginal, existía mucho más que las cosas que veíamos de verdad, tenía la fuerza y la consistencia de los sueños. Ya no volví a disgustarme por los juguetes que se me rompían y siempre que me negaban algún permiso o me reprendían por algo, me iba a Bergai, incluso soportaba sin molestia el olor a vinagre que iba tomando el cuarto de atrás, todo podía convertirse en otra cosa, dependía de la imaginación. Mi amiga me lo había enseñado, me había descubierto el placer de la evasión solitaria, esa capacidad de invención que nos hace sentirnos a salvo de la muerte.

El hombre me mira con ojos emocionados. Afuera sigue silbando el viento.

—¡Qué historia tan bonita! —dice—. ¿Y qué fue de los diarios de Bergai?

—Los guardé algún tiempo en el baúl de hojalata; luego supongo que los quemaría.

—¿No le da pena?

—Sí, siempre se idealiza lo que se pierde, pero puede que ahora me defraudasen. Por otra parte, si no se perdiera nada, la literatura no tendría razón de ser. ¿No cree?

—Claro, lo importante es saber contar la historia de

lo que se ha perdido, de Bergai, de las cartas..., así vuelven a vivir.

Le miro con audacia.

—¿De qué cartas habla?

Se encoge de hombros, aparta la vista.

—No sé, de las que haya perdido. No me diga usted que no ha escrito en su vida cartas sentimentales.

—Cuando he encontrado a quién. Es un juego que depende de que aparezca otro jugador y te sepa dar pie.

—Usted sabe que el otro jugador es un pretexto.

—Bueno, pero pretexto o no, tiene que existir.

Me mira de frente, con los ojos serios. Dice:

—Usted no necesita que exista, usted si no existe, lo inventa, y si existe, lo transforma.

Ha sido demasiado directa y apasionada su afirmación como para que pueda seguirse encajando en el terreno de las generalidades. Tengo que elegir entre ignorar el desafío o tirar de la manta.

—No sé por qué dice eso, la verdad.

—Bueno, yo tampoco, en realidad sólo la conozco por lo que escribe. Lo que pasa es que entiendo de literatura y sé leer entre líneas. Esta noche pienso que mis lecturas no andaban descaminadas: se ha pasado usted la vida sin salir del refugio, soñando sola. Y, al final, ya no necesita de nadie...

—¡Vaya! ¡Cuánto sabe!

—Me puedo equivocar, por supuesto.

—No importa, siga, aunque se equivoque... ¿Soñando sola... con qué?

—Con una gran historia de amor y misterio que no se atreve a contar...

196

Hay un silencio. El aire es tan fuerte que casi da miedo. Adelanto el cuerpo, buscando su mirada.

—¿Sabe lo que le digo? Que no estoy tan segura de haber soñado esa historia — digo lentamente, procurando que no me tiemble la voz.

Sus ojos se posan, ausentes y crueles en los míos.

—Perfecto — dice —. Pues atrévase a contarla, partiendo justamente de esa sensación. Que no sepa si lo que cuenta lo ha vivido o no, que no lo sepa usted misma. Resultaría una gran novela.

—Ah, ya comprendo, lo decía usted por eso, por si lo quiero convertir en novela.

—¿Por qué lo iba a decir si no?

—No, claro, por qué lo iba a decir...

Me muerdo los labios con los ojos bajos. Tengo ganas de humillarle, de echar mano de mis bazas secretas y mentarle a Carola, hacerle una escena parecida a la que ella le hará esta noche. Pero a cada uno le ha tocado un papel en la vida. «Literatura del recato. Modelos de conducta marcados por el rechazo a tomar la iniciativa. Miedo al escándalo», leo en una de las páginas del cuaderno.

—¿Por qué se encoge de hombros? — me pregunta él.

—No sé, es un gesto que hago a veces — digo sin mirarle.

Hay una pausa violenta; tengo ganar de llorar.

—¿Me deja ver ese cuaderno?

—Bueno, pero no va a entender nada, son apuntes.

—¿Es el que empezó a escribir el día del entierro de Franco?

—El mismo.

—¿De verdad?, menos mal, todo acaba apareciendo.
Se lo tiendo, me gusta verlo en sus manos, es una
garantía. Lo abre por la primera página.
—«Usos amorosos de la postguerra» — lee en voz
alta —. ¿Se va a llamar así?
—Lo había pensado como título provisional.
—No me gusta nada — dice.
—Bueno, el título sería lo de menos.
—No lo crea, condiciona mucho.
—¿Y por qué no le gusta?
—Porque tiene resonancias de sus investigaciones
históricas. Con ese título, ya la veo volviéndose a
meter en hemerotecas, empeñándose en agotar los te-
mas, en dejarlo todo claro. Saldría un trabajo co-
rrecto, pero plagado de piedrecitas blancas, ellas sus-
tituirían las huellas de su paso.
—Entiende usted mucho de literatura, efectivamente.
—Y usted también — dice —, hoy lo ha dejado claro. ¿Y sabe lo que más le agradezco?
Muevo la cabeza negativamente, hay un silencio.
—Que me haya dejado compartir el secreto de Bergai. Se lo guardaré siempre, se lo juro.
La emoción me traba la garganta, parece una despedida. Nos estamos mirando como antes de que sonara
el teléfono, Carola no existe, sólo él y yo.

De pronto, un golpe a mis espaldas, acompañado de
una ráfaga de frío, me hace comprender que la puerta de la terraza se ha abierto violentamente. Ahogo
un grito y de un salto salvo la distancia que nos separa y me abrazo a su cuello.

—¿Quién es, por favor?, dígame quién es.

Siento su pecho latiendo contra el mío, sus manos sobre mi pelo que el viento alborota. Cierro los ojos, estoy temblando.

—Vamos, mujer, no se asuste, no ha sido más que el aire, la puerta que se ha abierto con el aire. Voy a cerrarla.

Hundo la cabeza en su hombro, cuánto me voy a acordar luego...

—¿No hay nadie fuera? Dígamelo seguro. No me atrevo a mirar.

—Nadie, ¿quién va a haber? Permítame, han salido volando todos los folios que tenía en la mesa. Y mi sombrero con ellos.

Me separo de sus brazos y me quedo sentada en el sofá, le veo cruzar la habitación, pasando sobre los folios desparramados, y asomarse a la terraza abierta de par en par. Agarra las dos hojas de la puerta para cerrarlas, el viento le opone resistencia y azota su pelo negro, los folios se persiguen en remolino sobre la alfombra, bailan en torno del sombrero.

—¡Qué noche tan infernal! —dice después de cerrar—. Por cierto, tiene usted unas sábanas colgadas ahí fuera, se le van a hacer polvo.

—Da igual. ¿No había nadie, verdad?

—Nadie. Venga a mirarlo usted misma, si quiere.

—No, me basta con que usted lo diga. Baje la persiana, por favor, y cierre las cortinas.

—Sí, eso pensaba hacer. ¡Pero qué miedo le ha entrado, de repente!

—Sí, estoy temblando, soy tonta.

—También será del frío. Tranquilícese.

Ha bajado la persiana y ha corrido las cortinas. Ahora se arrodilla en el suelo, aparta su sombrero y se pone a recoger, con toda parsimonia, los folios esparcidos, copiando mis gestos armoniosos del principio de la escena. Han vuelto a pasar a sus manos las riendas del argumento principal, ahora yo actúo como un mero comparsa, atento a controlar sus escalofríos.

—¡Pero qué cantidad de folios! —exclama con asombro—. No creí que hubiera escrito tanto.

—¿Quién?

—Supongo que usted. ¿Se los puedo ordenar?

—Haga lo que quiera. ¿Me quiere alcanzar ese chal negro que está sobre el banco de la esquina? Tengo mucho frío.

Se levanta despacio, lo coge y se acerca solícito, me lo pone sobre los hombros.

—Vamos, mujer, ya pasó el susto. ¿Sabe lo que debía hacer mientras yo le ordeno los folios? Echarse un rato en el sofá. ¿No está cansada?

—Sí, bastante.

Me ayuda a subir las piernas al sofá, me pone un almohadón debajo de la cabeza. Me dejo hacer dócil y voluptuosamente.

—Relájese. ¿Está a gusto?

—Ay sí, gracias, muy a gusto. Me hace usted mucha compañía.

No contesta. Una de sus manos me acaricia un instante la frente. Cierro los ojos.

Cuando los vuelvo a abrir, le veo sentado en el suelo, enfrente de mí, con la espalda apoyada contra la cortina y el manojo de folios en las rodillas. Los está leyendo atentamente y sonríe. Contorneando sus hombros y su cabeza zigzaguea una banda de estrellitas risueñas. Siento una gran placidez.

—Me está entrando un poco de sueño — digo —. Pero no se vaya.

VII. La cajita dorada

Siento un beso sobre mi frente. Abro los ojos.

—¿Cómo es que te has dormido vestida?

Se enciende la luz. Una chica joven, de vaqueros y chaqueta de hombre, con la cola de caballo larga, lisa y un poco deshecha, se sienta a los pies de la cama grande, me sonríe.

—No me habrás estado esperando, ya te dije que no te preocuparas.

Se descuelga el abultado bolso de cuero que lleva consigo, se pone a hurgar en su interior y empieza a sacar objetos variados que deja encima de la colcha: una agenda, la Guía del ocio, un paquete de pitillos arrugado, dos pares de gafas ahumadas, unas rotas y otras no, el estuche de los cosméticos, un reloj de pulsera.

—¿Qué hora es? — pregunto maquinalmente.

—Las cinco — dice, echándole una mirada.

—¿Tan tarde?

—Pero bueno, ya sabías que iba a tardar, tenía que esperar a que me trajera alguien.

Miro hacia la ventana, se filtra, a través de los visillos, un conato de claridad lechosa, me incorporo.

—No me dejes todo eso encima de la cama, que me agobia.

—Es sólo un momento, en seguida lo meto.

—¿Pero qué buscas?

—Nada, el «Respir», aquí está.

Ha sacado un frasquito de plástico blanco, le desenrolla el tapón y se lo aplica a la nariz, echando la cabeza para atrás. Aspira concienzudamente.

—Vaya, has vuelto a coger frío. Si es que no te abrigas.

—Hacía muy bueno esta tarde cuando me fui, creí que hasta me iba a sobrar la chaqueta. Pero además no he cogido frío, ¿no ves que me han traído en coche? ¡Qué manía tienes siempre con el frío!

—¿Has venido en coche? ¿De dónde?

—De Becerril, si te he llamado desde allí, desde casa de Alicia, ¿no te acuerdas?

—¿Quién te ha traído?

—Juan Pablo.

Se pone a recoger sus cosas y las echa en revoltijo dentro del bolso, deja fuera el paquete de tabaco, lo palpa.

—Me fumo un pitillito aquí contigo y luego me voy a acostar, ¿quieres uno?

La miro con extrañeza, hago un gesto de negación, ha subido los pies a la colcha y apoya la espalda contra el borde inferior de la cama. Detrás de ella veo la estantería laqueada de blanco, *étagère* se llamaba en los años del *art-déco*.

—Te veo rara — dice —, no estarás enfadada conmigo.

—No. ¿Qué tal lo has pasado?

—Muy bien. ¿Tienes cerillas?

Miro en torno, qué desorden, no las veo. El primer pitillo me lo fumé en segundo de carrera, en época de exámenes, me lo dio mi amiga Mariores, ella había aprendido a tragarse el humo, estábamos en su casa, estudiando dilectología.

—Deja, no busques más, acabo de encontrar el encendedor.

—A ver si a partir de mañana te pones a estudiar un poco en serio. Estamos a principios de mayo.

A la luz de la llama que acerca ahora al pitillo, se le dibuja un gesto de contrariedad.

—Bueno, sí, ya lo pensaba hacer, pero no me lo digas al volver de una fiesta. No es el momento.

Ha cogido un libro que había encima de la colcha y se pone a hojearlo, mientras fuma, en silencio.

—Todorov... — dice —. ¿Qué tal está este libro?

Me encojo de hombros sin contestar nada.

—¿Pero qué te pasa?

—Nada, me duele la cabeza.

—Será de la tormenta. ¿No has salido?

—Me parece que no, no me acuerdo.

—Pero ha venido a verte alguien, ¿verdad?

Echo los pies fuera de la cama con un repentino sobresalto, me quedo inmóvil con los ojos fijos en la cortina roja, luego la miro a ella.

—¿Por qué me miras con esa cara de susto?

—Dices que ha venido alguien... ¿Por qué lo has dicho?

—Porque he visto ahí fuera una bandeja con dos vasos.

Me pongo de pie, como movida por un resorte, y cruzo en dos zancadas el espacio que me separa de la puerta, me detengo en el umbral agarrándome a la cortina con la mano derecha, recorro de una ojeada ávida el espacio que, desde aquí, se ofrece ante mis ojos. La habitación empapelada de rojo está vacía y silenciosa, como un decorado después de la función. Al fondo se ven las baldosas blancas y negras del pasillo que conduce al interior de la casa, sobre el sofá ha quedado abandonado un chal, el cajón del mueblecito con espejo aparece cerrado, las cortinas de la puerta que conduce a la terraza, corridas. Delante de ellas, en el suelo, hay un montón de folios, grueso y bien ordenado, con un pisapapeles encima, representa una catedral gótica con columnas irisadas; me dirijo hacia ese punto, me agacho a cogerlos, los deposito con cuidado sobre la mesa. Mi hija ha salido del dormitorio, la siento respirar detrás de mí. Tengo que tapar los folios, que nadie los vea. Rápidamente retiro el pisapapeles y los cubro con una carpeta grande.

—No te preocupes, que no te fisgo nada. ¿Has estado escribiendo?

—Sí, un poco.

Instintivamente finjo ordenar los otros objetos que hay sobre la mesa. Veo el grabado de Lutero y debajo de él, doblada, la carta azul.

—¡Qué bien!, ¿no?, decías que no eras capaz de arrancar con nada estos días.

—Pues ya ves, hay insomnios que cunden.

—¿Has tomado dexedrina?

Me vuelvo, apoyándome en la mesa y me encuentro con sus ojos intrigados. Antes de que apareciera la carta azul, fui a la cesta de costura en busca de algún fármaco, sí, tal vez...

—No me acuerdo — digo.

—Bueno, mujer, pero no pongas esa cara de apuro, te lo preguntaba por preguntar. ¿Qué piensas?

—Me preocupa que últimamente estoy perdiendo

mucho la memoria, con la buena memoria que tenía yo.

—Y la sigues teniendo.

—Para las cosas pasadas, pero en cambio se me olvida lo que acabo de hacer hace un momento.

—Eso es por despiste.

—No, es por la edad.

—Ya empezamos, no digas bobadas. Antes cuando entré y te vi dormida estabas más guapa, parecías una niña.

—¿De verdad?

—De verdad, daba pena despertarte, pero como no te quedas tranquila cuando vuelvo en coche y antes ha habido ese vendaval, ¿lo habrás oído, no?

—Sí, ya lo creo.

—Allí en la sierra era horrible, por eso he tardado un poco más también, estuvimos esperando a que amainara.

Miro el sofá vacío con el chal negro encima.

—Oye, cuando me viste dormida, ¿dónde estaba?

—¿Cómo que dónde estabas? En la cama, ¿dónde ibas a estar?

Me acerco al sofá, cojo el chal, me lo pongo por los hombros.

—Es que me eché aquí y creo que me quedé dormida, no sé cuándo me cambiaría a la cama.

—¡Huy! A mí también me ocurre eso en muchas ocasiones.

Bosteza. Luego se acerca a la bandeja con el termo y los vasos, que sigue encima de la mesita.

—Bueno, me acuesto, ¿llevo esto a la cocina?

—Haz lo que quieras.

—¿Me vienes a dar un beso cuando esté ya en la cama?

—Sí, primero voy a acabar de recoger aquí, ahora voy.

La miro salir de la habitación con la bandeja en la mano. De pronto se vuelve, ya desde el pasillo.

—Oye, ¿y esta cajita tan mona?

La visión fugaz de sus dedos sobre la cajita dorada me deja sin respiración, desvío los ojos hacia la derecha, fingiendo no haber oído, dándome una tregua para contestar algo. Vuelve a venir hacia acá.

—Cada día oyes peor. Te preguntaba que de dónde has sacado esta cajita.

—La tengo hace mucho tiempo, me la regaló un amigo.

—Nunca te la había visto.

—Es que creí que la había perdido, la he encontrado buscando otra cosa.

—Es preciosa, ¿te la dejo aquí?

—Sí, dámela.

La oigo irse, me quedo con la cajita apretada en el cuenco de la mano, los oídos me zumban, —«...desde que salí de casa traía intención de regalársela»—, cierro los ojos un momento... Los abro porque me parece haber oído un grito de susto. Echo a correr hacia la cocina y me tropiezo en la puerta con mi hija.

—Qué horror, qué cucaracha más enorme, nunca he visto una cucaracha tan grande.

—Ay, hija, me has asustado, creí que era otra cosa.

—¿Qué cosa iba a ser?

—Qué sé yo, algo más grave, las cucarachas son inofensivas, mujer.

208

—Ya, inofensiva, pero a ti también te dan miedo, no vengas ahora diciendo que no.

«...Lo que da más miedo es que aparezcan justamente cuando está uno pensando que van a aparecer...»

—Se ha metido debajo del fregadero, mátala por favor, era enorme.

—Todas parecen enormes.

Entro con decisión, el miedo ajeno ayuda a superar el propio, guardo la cajita dorada en el bolsillo del pantalón, mientras me acerco al fregadero, suspiro.

—Anda a acostarte si quieres; ahora la buscaré.

—Pero no la mates con el pie, me da mucho asco.

—Que no, no te preocupes, cogeré el spray.

—Bueno, pues hasta ahora. Cierro la puerta para que no se escape. Tráeme luego un vaso de agua.

Oigo la puerta que se cierra a mis espaldas, ruidos en el cuarto de baño, unos pasos por el pasillo. Me he quedado inmóvil, sin intención, recuerdo ni designio alguno. El recinto comprendido entre el espejo y el aparador se ha convertido en un tablero de juego abandonado, hay miles de agujeros por donde puede haberse metido la cucaracha, pero para ponerse a buscarla hay que tener ganas de jugar, sentir un mínimo de excitación o curiosidad, yo sólo tengo sueño. Me acerco al fregadero, me inclino sin ganas, saco el cubo de la basura, la cucaracha no está. Me siento un rato en el sofá marrón y me quedo mirando el gran aparador cerrado, luego descanso la cabeza entre los brazos, me cuesta trabajo pensar que estuvo en el cuarto de atrás, tal vez no estuvo nunca, estoy cansada.

Al cabo me levanto, abro la nevera y lleno un vaso

de agua fría. Salgo con él al pasillo, la puerta del cuarto de mi hija está entreabierta, la empujo con el pie.

—Toma, aquí te dejo el vaso de agua.

No contesta. Se ha quedado dormida sin apagar la luz. Avanzo de puntillas sorteando los libros, zapatos y prendas de ropa tirados por el suelo. En la mesilla no hay espacio libre ni para poner una moneda de cinco duros; aparto un libro que tiene abierto boca-bajo, «El hombre delgado», de Dashiell Hammett. «...indicios contradictorios, pistas falsas, sorpresa final» —leo en la contraportada. Dejo el vaso, me inclino a darle un beso y rebulle sonriendo con los ojos cerrados.

Ya estoy otra vez en la cama con el pijama azul puesto y un codo apoyado sobre la almohada. El sitio donde tenía el libro de Todorov está ocupado ahora por un bloque de folios numerados, ciento ochenta y dos. En el primero, en mayúsculas y con rotulador negro, está escrito «El cuarto de atrás». Lo levanto y empiezo a leer:

«...Y sin embargo, yo juraría que la postura era la misma, creo que siempre he dormido así, con el bra-zo derecho debajo de la almohada y el cuerpo leve-mente apoyado contra ese flanco, las piernas buscando la juntura por donde se remete la sábana...»

¡Qué sueño me está entrando! Me quito las gafas, aparto los folios y los dejo con cuidado en el suelo. Estiro las piernas hacia la juntura de la sábana y, al ir a meter el brazo derecho debajo de la almohada, mis dedos se tropiezan con un objeto pequeño y frío, cierro los ojos sonriendo y lo aprieto dentro de la mano, al tiempo que las estrellas risueñas se empiezan a precipitar, lo he reconocido al tacto: es la cajita dorada.

Madrid, noviembre 1975-abril 1978.

Índice

    I. El hombre descalzo 9
   II. El sombrero negro 27
  III. Ven pronto a Cúnigan 73
   IV. El escondite inglés 99
    V. Una maleta de doble fondo . . . 143
   VI. La isla de Bergai 175
  VII. La cajita dorada 203

Este libro se acabó de imprimir
en Printer, S.A., Sant Vicenç dels Horts (Barcelona)
en el mes de octubre de 1992